草花とともに

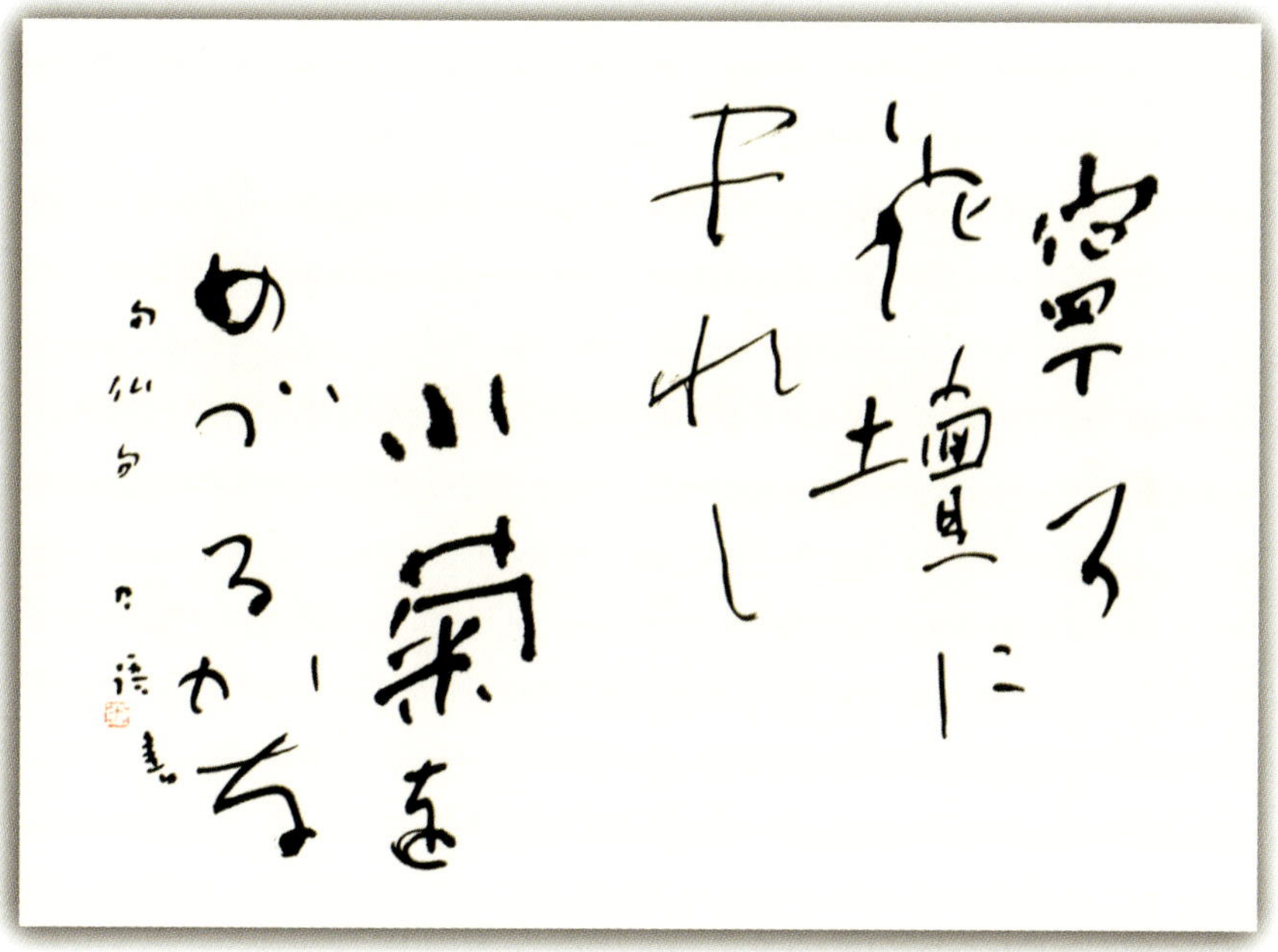

大谷句佛

寧ろ花壇にもれし小菊をめづるかな（本文 28 頁）

風景のなかに

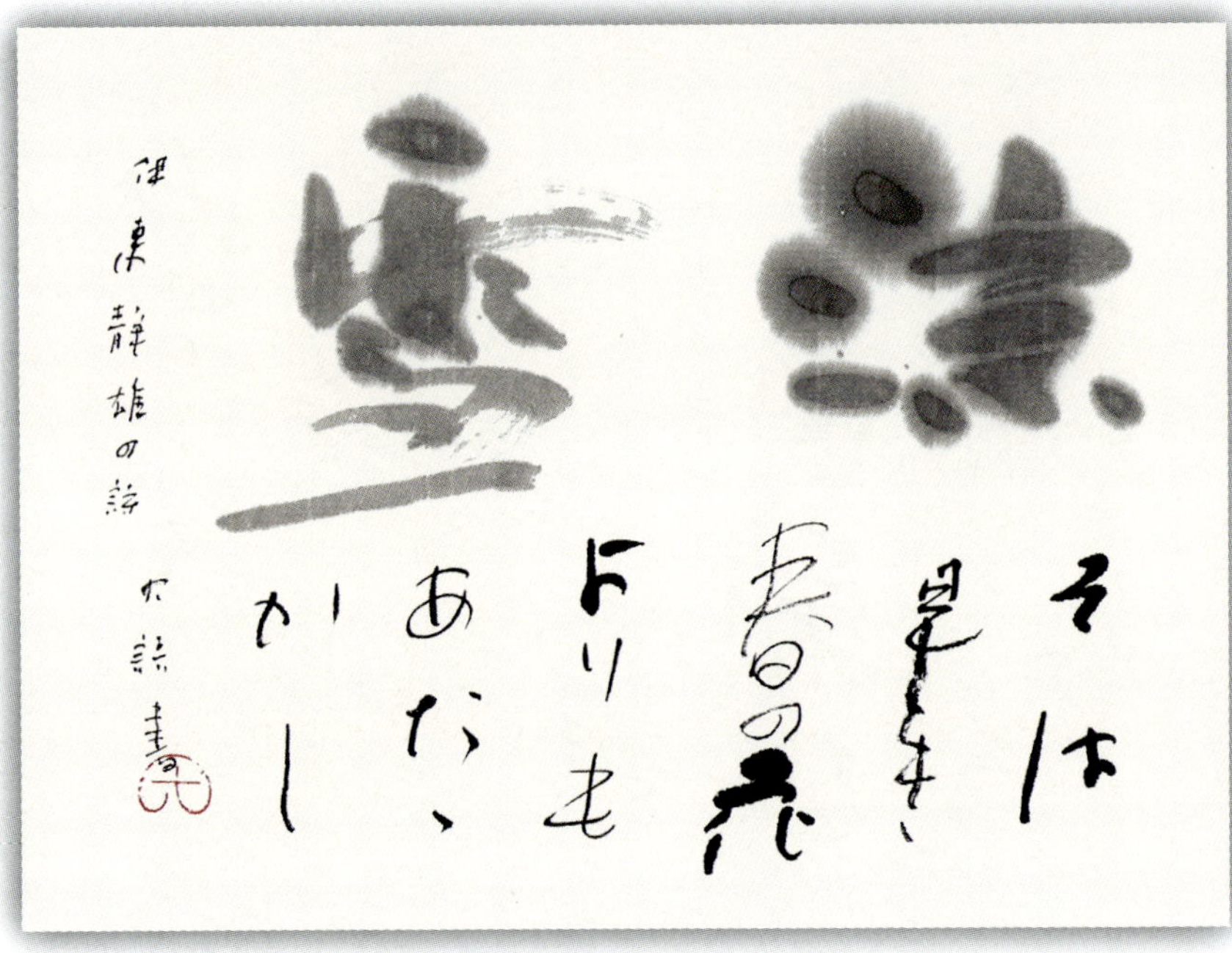

伊東静雄

〔沫雪〕そは早き春の花よりもあたたかし

（本文 37 頁）

心のままに

種田山頭火
まつすぐな道でさみしい（本文 102 頁）

さまざまな
命と

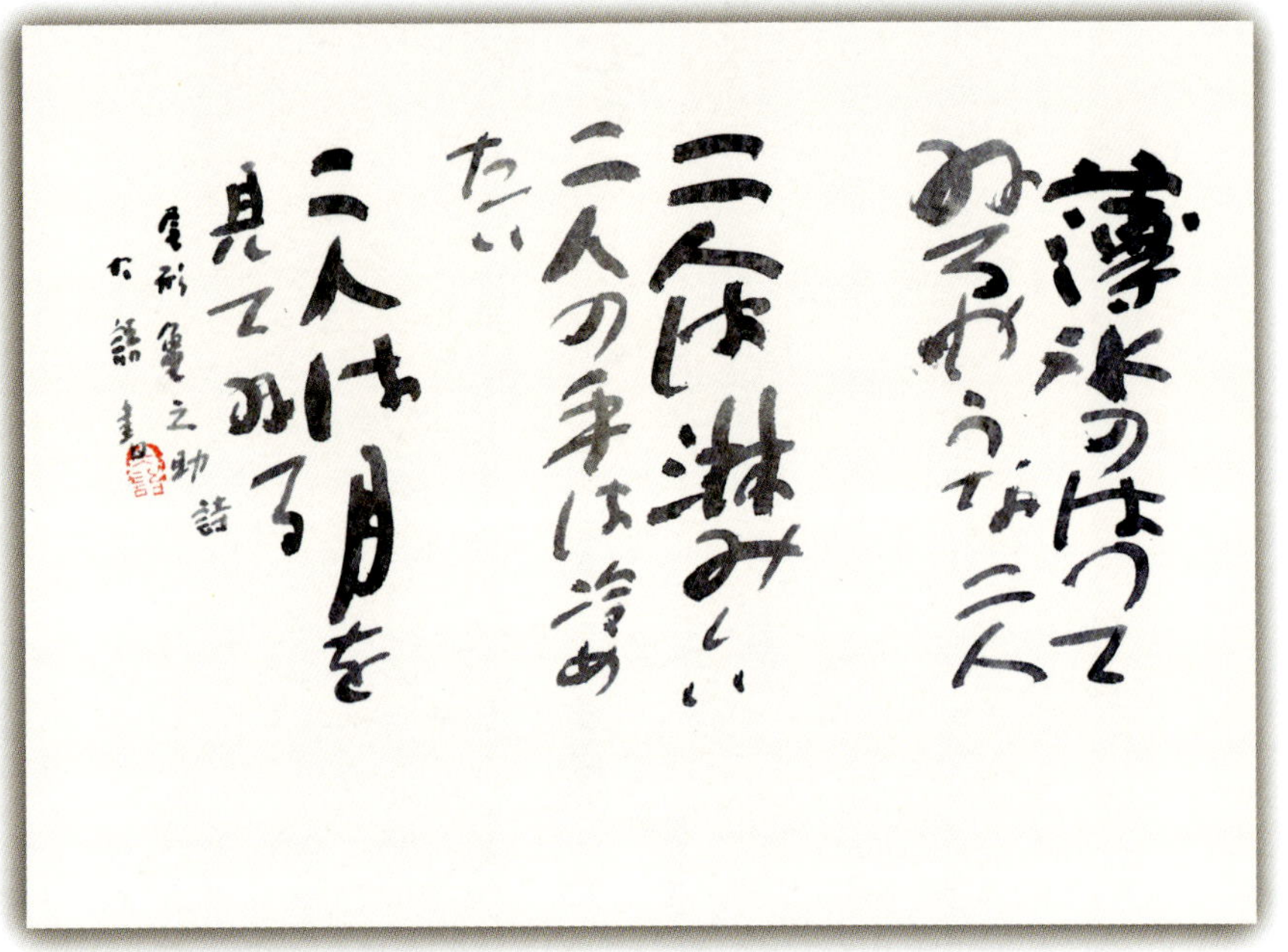

尾形亀之助

薄氷のはつてゐるやうな　二人

二人は淋みしい　二人の手は冷めたい

二人は月を見てゐる（本文 126 頁）

作品に書きたい

心の詩

渡部 忍 編

天来書院

はじめに

本書は、様々な「心」を感じられる詩や歌、言葉などを集めたものです。採用した作家は没後50年以上経過しているため、著作権は消滅しております。

「心の詩」という言葉から拡がるイメージは、十人十色だと思います。限られた作家ではありますが、私のイメージに合う「心」が見え隠れするものを選んでみました。

詩や歌などの言葉が発するイメージは、読み手によって様々な表情を見せるので、各章に分類する作業はとても難しく迷うことも多々ありましたが、皆様が抱かれるイメージと私のイメージとが大きくかけ離れていないことを願っております。

俳句や短歌は別として、出来るだけ短い言葉・文となるように心がけましたが、叶わなかったものもあります。本書で採り上げたものを入り口として、定本を参考にされ、それらを更に短文にしたり、長文にすることも、本書のまた一つの利用方法であろうかと思います。

本書が書を愛する皆様の傍らに置かれ、書作の一助となり得ましたら、これほど嬉しいことはありません。

天来書院の比田井和子社長、岡崎賢治さんには、この本の編纂という素晴らしい機会を浅学な私に与えてくださり、多大なお力添えもいただきました。この場をお借りして、心より感謝申し上げます。

そして、私の選んだ言葉達の精査、参考作品の揮毫等、大五郎さんが書家の視点から全面的にバックアップしてくれました。どうもありがとう。

二〇一一年八月吉日　編者

重版にあたり

月日の流れは大変速く、この『作品に書きたい心の詩』が出版されてから七年が経ちました。有難いことに、このたび第三版を重版していただけることになりました。

振り返ってみると、この本の編纂当時は、長男も幼く、私のお腹の中には二番目の子も居りました。悪阻がとても辛かったのですが、天来書院の比田井社長から編纂のお話をいただいた時は、一冊の本を作るという、挑戦したかったことをやらせていただけるという思いと、少しでも気が紛れればという思いで、喜んで引き受けさせていただいたのでした。

出産などもあり、作業には思いの外時間がかかって、完成した本を実際に手にしたのは、長女が生まれてから八ヶ月後のことでした。今思えば、子育てをしながらとはいえ、編纂作業に没頭できたことは、とても楽しく幸せなことでした。

そんな背景があって出版まで漕ぎ着けたこの本が、こんなにも長きに亘り、多くの皆様のお手元においていただけていることは、本当に嬉しく、感謝の念に堪えません。

最後になりましたが、改めまして、天来書院の比田井和子社長にも、心より御礼を申し上げます。

この本が末永く、皆様の傍らでお役に立てますことを願って。

二〇一八年八月吉日　編者

凡例

＊句・歌・詩・言葉の下に作者名を表記しました。タイトルのあるものは、作者名の左に表記しました。

＊タイトルに『　』のあるものは、詩全文を採用したものです。

＊参考作品が掲載されているものは、作者名、タイトルをゴシックで表記しました。

＊無題の詩で、定本で詩の冒頭をタイトル代わりにしてあるものは、それに従い（　）で表記しました。
未発表や未定稿のもので、底本でも題名のないものも同様にしてあります。

＊山村暮鳥の詩で「おなじく」というタイトルのものは、その前にあるタイトルを〈　〉で表記しました。

＊大タイトルの内に小タイトルの詩が連なっている形態のものは、「○○（大タイトル）―○○（小タイトル）」で表記しました。

＊詩のタイトルを作品に取り入れた方が良いと思われるものには、冒頭に〔　〕にて表記しました。

＊小説や童話は、定本では新仮名遣いになっていますが、全集などを参照し、旧仮名遣いに戻しました。

＊漢字は新字体で統一しました。

＊書作品ではほとんど書かれないと想定し、句読点は削除して一文字分のスペースに置き換えました。同じ理由で……や――も削除しました。必要な場合は、定本をご参照願います。

＊改行は出来るだけ定本に沿いましたが、改行を入れた方が読みやすいと思われるものには、その限りではありません。
インデントは削除しました。

＊ルビは、定本に沿って、難しいものや間違いやすいと思われるもの、独特な読み方のものに、旧仮名遣いにより付してあります。ただ、基本的に定本にルビのないものは本書でも付してありません。

＊各章、索引共に旧仮名遣いによる五十音順になっておりますが、読み方によっては順序が前後する場合もあります。

＊巻末に定本とした書籍、参考にした書籍のリストを掲載しましたので、ご参照ください。

目次

Ⅰ　草花とともに ―― 7
Ⅱ　風景のなかに ―― 31
Ⅲ　心のままに ―― 61
Ⅳ　さまざまな命と ―― 117
索引 ―― 146

I

草花とともに

四季折々の草花や季節の移ろいとともに姿を変える樹木、心の中に開く花——

植物が登場するものを集めました。

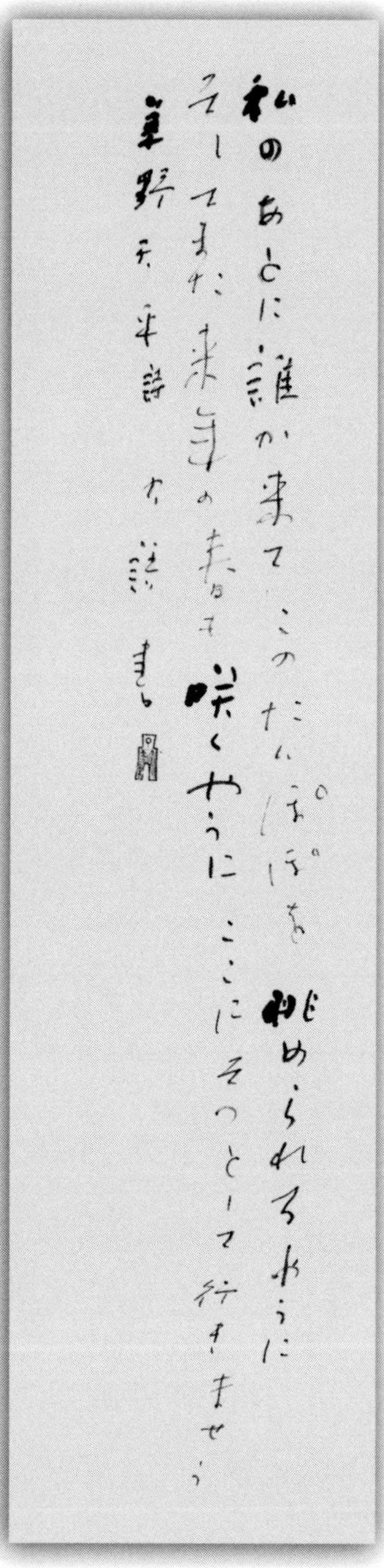

草野天平
私のあとに誰か来て　このたんぽぽを眺められるやうに
そしてまた来年の春も咲くやうに　ここにそつとして行きませう（本文30頁）

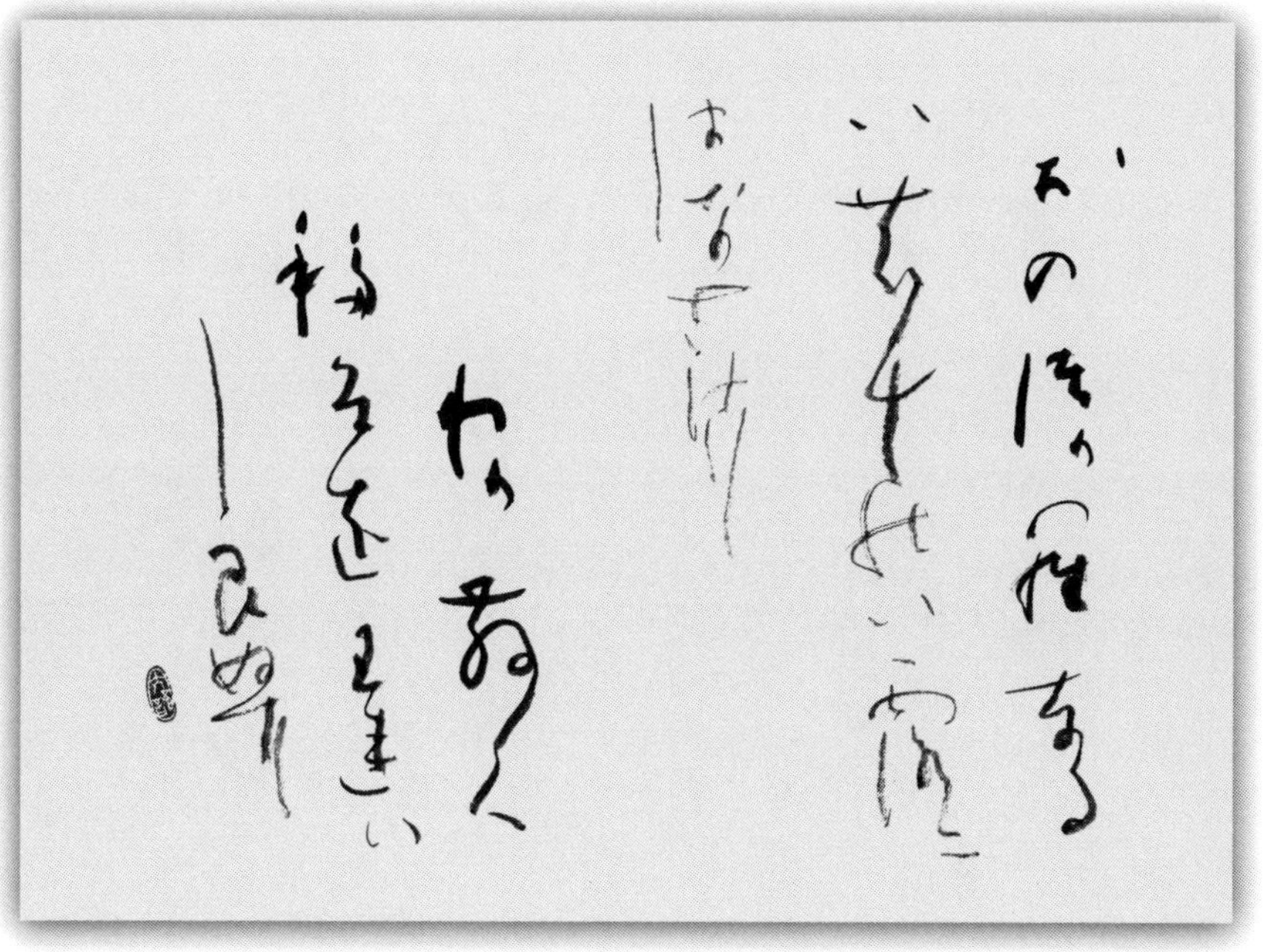

岡本かの子
おのづからなる生命のいろに花さけり
わが咲く色をわれは知らぬに（本文 14 頁）

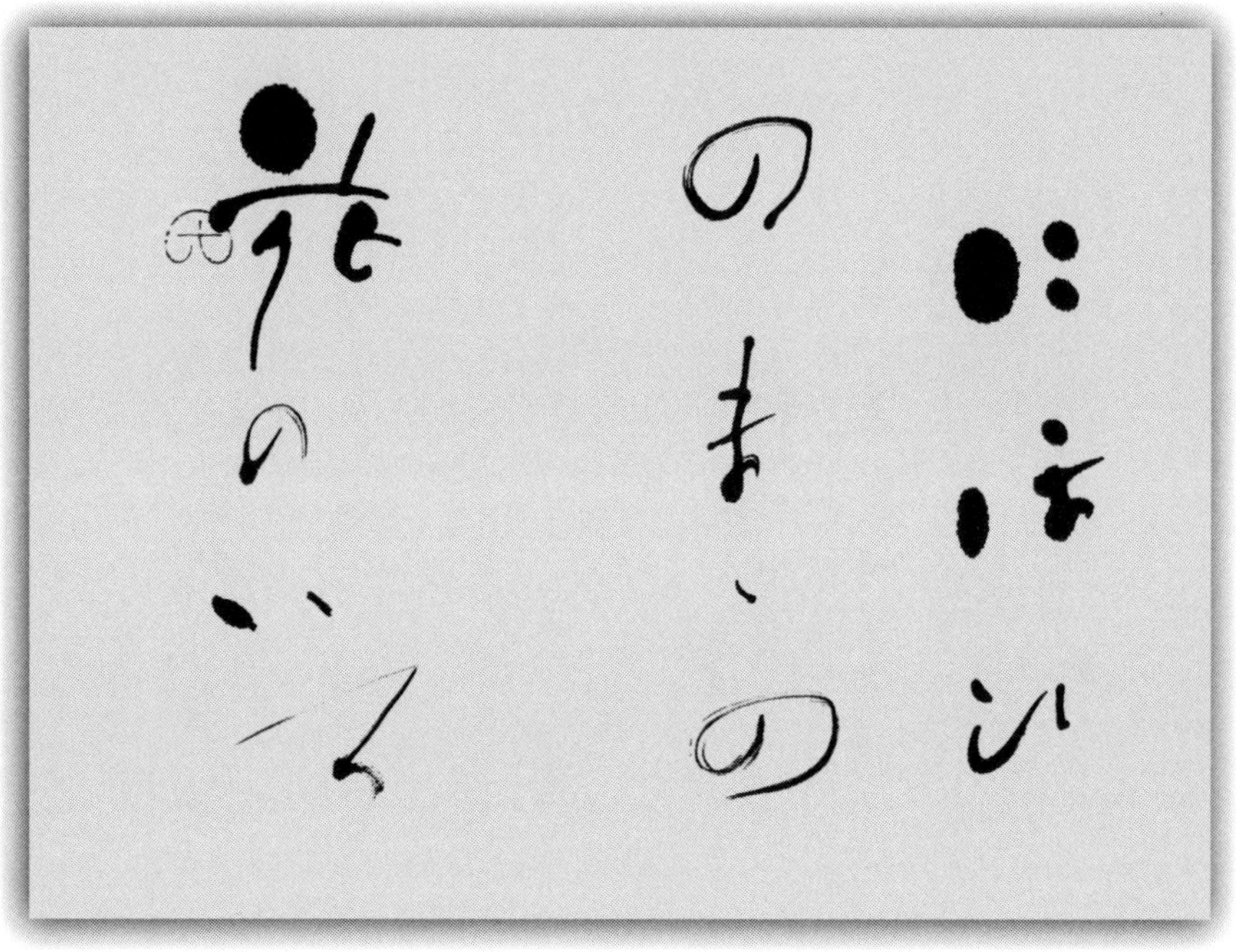

立原道造
にほひのままの　花のいろ
（本文 23 頁）

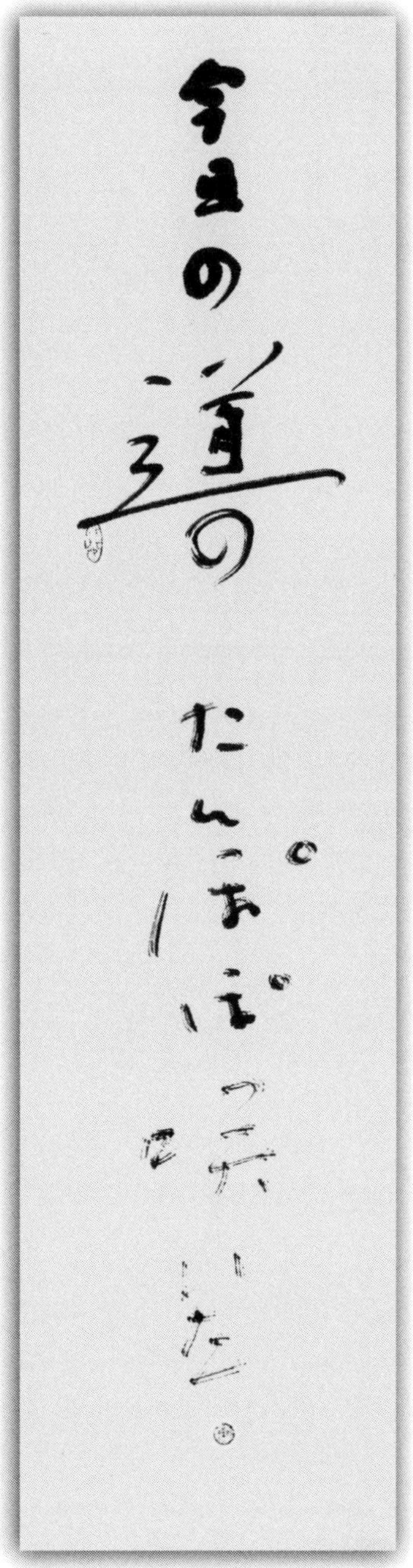

種田山頭火
今日の道のたんぽぽ咲いた（本文17頁）
※本物のタンポポを筆にして書いたものです

朝顔は儚なき花と知りながら
*
紅い点々の花
その点々の一つに
露が一つ
光つて　揺れる
いい朝

大谷句佛

北原白秋
露

*
あかしやの金《きん》と赤とがちるぞえな
かはたれの秋の光にちるぞえな

北原白秋
片恋

*
秋風にこすもすの立つ悲しけれ
危き中のよろこびに似て

与謝野晶子

*
秋草のにほへる中にやごとなき
み尼の如く菊の花さく

岡本かの子

*
秋のかぜ吹きてゐたれば遠《をち》かたの
薄《すすき》のなかに曼珠沙華赤し

斎藤茂吉

*
朝ぼらけ羽ごろも白《じろ》の天《あめ》の子が
乱舞するなり八重桜ちる

与謝野晶子

*
足もとの　そここの小さき花は
長く長く抱擁したるあとの黄色なる興奮に似て

北原白秋
心とその周囲　―Ⅴ神経の凝視

*
あたらしき
木の芽の　はなやかさ
さあ　わたしよ
うれしいうちに　ほほ笑まう

八木重吉
『無題』（あたらしき）

*
あちこちに葉の出《い》でて　それぞれに命を張らす

木下杢太郎
草堂四季

*
あでやかに君が面を照らせよと
灯かげに置きぬひなげしの花

岡本かの子

*
あらくさにたんぽぽが伸び鬼棲めり

竹下しづの女

＊

あらはなる昼と昼とのなかに来る
うつくしき夜のともしびのはな

岡本かの子

＊

あるがまま雑草として芽をふく

種田山頭火

＊

あるけば草の実すわれば草の実

種田山頭火

＊

幾鉢の花に遅速や福寿草

大谷句佛

＊

いさかひしたるその日より
爪紅《つまぐれ》の花さきにけり

北原白秋
爪紅

＊

いちめんの昼顔が
色のうすい風の盃をゆすり　ゆすり
あちこちと咲きまはつてゐる

佐藤惣之助
南かぜ

＊

いつぽんの桜すずしく野に樹《た》てり
ほかにいつぽんの樹《き》もあらぬ野に

岡本かの子

＊

岩に咲いた紫陽花も雨あとの夕日を受けたればくわ
つと光る時もある

木下杢太郎
夜ふけには ― たとえ品は

＊

いろいろの
感覚はにぶくなつたが
つばきの花に
おどろくこころはふかみゆくばかり

八木重吉
『無題』（いろいろの）

＊

いろいろの小さき鳥に孵化《かへ》りなば
うれしからましこの銀杏《いてふ》の実

与謝野晶子

＊

色づいた叢のなかに
茅の葉のさやぎがきこへる

八木重吉
茅

＊

打水やずんずん生くる紅の花

竹下しづの女

＊

うちわたす桜の長道《ながて》はろばろと
わがいのちをば放ちやりたり

岡本かの子

＊

うつむきて　ふくらむ一重桔梗哉　尾崎放哉

＊

梅がすこし咲いた
なんだか
天までとどく様な赤い柱にでもだきついてゐたい
八木重吉
『早春』

＊

梅の木にふりかゝりたるその雪を
はらひてやれば喜びのみゆ
中原中也

＊

梅の花寂光《じやくくわう》の世に住めれども
なほ悲しみのあるけしきかな
与謝野晶子

＊

梅の花にほへば思ふ命より
後に残らんあはれなるゆめ
与謝野晶子

＊

落葉焚けばおもしろ
櫟の葉はふすふす
萱の葉はちよろちよろ
松の枯葉はぱちぱち
北原白秋
焚火

＊

落葉やがてわが足跡をうづめぬる
種田山頭火

＊

おのがじし這ひまつわりてはてしなき
このわがままな蔓草かあゆし
岡本かの子

＊

おのづからなる生命《いのち》のいろに花さけり
わが咲く色をわれは知らぬに
岡本かの子

お花が散つて
実が熟《う》れて
その実が落ちて
葉が落ちて
それから芽が出て
花が咲く
さうして何べん
まはつたら
この木は御用が
すむか知ら
金子みすゞ

『木』

*

おほらかに此処《ここ》を楽土とする如し
白木蓮《はくもくれん》の高き一もと

与謝野晶子

*

朧夜をひくゝ縫ひくる歌の声
花のこかげにめ神たゝずむ

岡本かの子

*

汝《おまへ》は愚鈍な木である
葉はしげり
梢はのび
春が来れば
花が咲き
鳥も来て鳴く

だが汝は愚鈍な木だ
いくら花が咲いても
鳥が来て鳴いても
葉が茂つても
梢が延びても
汝は愚鈍な木に違ひない

だがこの木が
あの底光りする天上の一つ星を見てゐるとは
誰が知らう

福士幸次郎
『誰が知ってる』

*

思出《おもひで》のかのキスかとも
おどろきぬ
プラタスの葉の散りて触れしを

石川啄木

*

思ひ出を話す夜落花しきるらし

大谷句佛

*

思ひは　ひとつ　窓前花《さうぜんくわ》

太宰治
HUMAN LOST

*

柿の花のぽとりとひとりで

種田山頭火

*

笠へぽつとり椿だつた

種田山頭火

*

傘をたゝめばひとつくちなしの
花のすべりぬたそがれのかど

岡本かの子

*

風を祭る

ありとある花に祭る

北原白秋
風を祭る

*

かそかなる遠雷《とほいかづち》を感じつつ
ひつそりと桜さき続きたり

岡本かの子

*

可愛い草と　さうでない草と
形は　ちつとも違つてゐないのに

太宰治
女性徒

*

枯銀杏空のあをさの染むばかり

竹下しづの女

*

かれづるにさく
あさがほのはなは
みのこした
うすみづいろの　あきのゆめ

八木重吉
『無題』（かれづるにさく）

*

枯れぬとて捨てたる鉢に菊の芽の
はつはつもえて春あたたかし

岡本かの子

*

枯れゆく草のうつくしさにすわる

種田山頭火

*

乾いてもはや気色もなく
単にいつぽん微かに立つて
小さな枝も
久しく動かぬ
そよそよと風が吹いても

草野天平
『老木』

*

菊の香の永久に人の世包みけり

大谷句佛

*

きみのかたちと
なつばなと
いづれうるはし
いづれやさしき

島崎藤村
合唱 — 蓮花舟《れんげぶね》

*

綺麗な桜の花をみてゐると
そのひとすぢの気持ちにうたれる

八木重吉
『桜』

*

金の蜂ひとつとまりて紅《くれなゐ》の
かんなの色はいやふかきかも

岡本かの子

＊

悔いるこころの曼珠沙華燃ゆる

種田山頭火

＊

空中から
青い扇をかさね　かさねて
棕櫚は黄金いろの花をひろげるよ

佐藤惣之助
棕櫚の花

＊

口びるを押しあつるごとくれなゐの
椿ちりきぬ手のひらの上

与謝野晶子

＊

ぐみの実のつぶらなるをちよいと一つぶ

種田山頭火

＊

くれなゐの形の外の目に見えぬ
愛欲の火の昇るひなげし

与謝野晶子

＊

黒めるは終りに近き罌粟なれど
美くしきこと初めに倍す

与謝野晶子

＊

罌粟ひらく　ほのかにひとつ
また　ひとつ

北原白秋
ほのかにひとつ

＊

芥子群れて紅き詩神をそだててゐる

竹下しづの女

＊

今日の道のたんぽぽ咲いた

種田山頭火

＊

紅梅は紅梅として咲きてあり
われやいかなるわれなるらしも

岡本かの子

＊

心なく折りては捨てし月見草
いまは母への手向《たむけ》にと摘む

岡本かの子

＊

コスモスの闇にゆらげばわが少女
天の戸に残る光を見つつ

斎藤茂吉

＊

この球《たま》根は
誰か住んでる
春の芽を
そろへてゐるよ

新美南吉
球根

＊

このちさく赤い花も　うれしく
しんみりと　むねへしみてゆきます

八木重吉

＊
子の摘みし武蔵野蓬《よもぎ》むらさきの
根はまじらねど手に取りて嗅ぐ
大和行

＊
木の葉ふるふる鉢の子へも
与謝野晶子

＊
このみ
きにうれ

ひねもす
へびにねらはる

このみ
きんきらり

いのちのき
かなし
種田山頭火

＊
恋しげに覗けるは誰れ靄《もや》立てる
夜明の家のひなげしの花
山村暮鳥
『曼陀羅』

与謝野晶子

＊
子らの衣《きぬ》皆あたらしく美しき
皐月一日《さつきついたち》花あやめ咲く
与謝野晶子

＊
さうか
これが秋なのか
だれもゐない寺の庭に
銀杏の葉は散つてゐる
草野天平
『秋』

＊
早春の風ひようひようと吹きにけり
かちかちに莟《つぼ》む桜並木を
岡本かの子

＊
咲かねばならぬ命かな捨生えの朝顔
尾崎放哉

＊
咲きこもる桜花《はな》ふところゆ一ひらの
白刃《しらは》こぼれて夢さめにけり
岡本かの子

＊
さくらだといふ
春だといふ
一寸　お待ち
どこかに

泣いてる人もあらうに　　山村暮鳥『桜』

＊

桜ばないのち一ぱいに咲くからに
生命《いのち》をかけてわが眺めたり　　岡本かの子

＊

さくら花まぼしけれどもやはらかく
春のこころに咲きとほりたり　　岡本かの子

＊

誘ふやうに　ひとりぼつちの木の実は
雨に濡れて　一日　甘くにほつてゐた　　立原道造　追憶

＊

寒い日だ
山茶花のおほきな木が
いつぱい花をつけてゐる
美しく気を張つてゐるらしい　　八木重吉『山茶花』

＊

さるすべりの葉が散つてゐる
さつぱりと離れ
あつちやこつちに散つてゐる　　草野天平

＊

修道女椿の坂のけはしさを　　竹下しづの女『秋の午前』

＊

静かなる日の名も知らぬ花咲きたり　　尾崎放哉

＊

渋柿のまだ〳〵青き秋ぢやのに　　大谷句佛

＊

自分の心に
いつも大きな花をもつてゐたい　　八木重吉　明日

＊

潮《しほ》かをる北の浜辺の
砂山のかの浜薔薇《はまなす》よ
今年も咲けるや　　石川啄木

＊

瞬間とは
かうもたふといものであらうか
一りんの朝顔よ　　山村暮鳥　朝顔

＊

白菊に紅さしそめぬ霜日和　　大谷句佛

＊

しろき紙紅《あか》き紙など枝枝に
人むすぶごとつばき花さく

与謝野晶子

＊

白き花日も夜もわかずふみを読む
女《をみな》の窓に清らかに咲く

岡本かの子

＊

白薔薇の香気は既にその葉にも刺にも枝にも幹にも
その根にも充満してゐる

北原白秋
芸術の円光（抄）

＊

紫苑《しをん》咲くわがこころより昇りたる
煙の如きうすいろをして

与謝野晶子

＊

真実寂しき花ゆゑに一輪草とは申すなり

北原白秋
永日礼讃

＊

しんしんと桜花《はな》ふかき奥にいつぽんの
道とほりたりわれひとり行《ゆ》く

岡本かの子

＊

鈴蘭《すずらん》の薄ら冷たくつつましき
情もよしとくちづけにけり

岡本かの子

＊

すなほなる木草に春の風吹けば
またおほらかにわかき芽を吹く

岡本かの子

＊

住みなれて藪椿いつまでも咲き

種田山頭火

＊

蝉もなかない
くれがたに
ひとつ　ひとつ
ただひとつ

キリリ　キリリと
ねぢをとく

みどりのつぼみ
ただひとつ

おお　神さまはいま
このなかに

金子みすゞ

＊

空いろに透《す》きて　葉かげに

『夕顔』

今日も咲く　なわすれの花

北原白秋
なわすれぐさ

＊

空の青さよ栴檀の実はしづかに垂れて

種田山頭火

＊

颱風は萩の初花孕《はら》ましむ

竹下しづの女

＊

誰《た》が家の垣根の花ぞ白うばら
ひそやかにわが触れて来にけり

岡本かの子

＊

谷はいちめん木の芽伸ぶ中の花菜照る

種田山頭火

＊

玉椿八千代をかけて赤と白

大谷句佛

＊

だれも聞いてゐないのに
ちひさなフーガが　花のあひだを
草の葉のあひだを　染めてながれる

立原道造
薊の花のすきな子に ― IV 薄明

＊

タンポポの花一輪の信頼が欲しくて　チサの葉いち
まいのなぐさめが欲しくて　一生を棒に振つた

太宰治

＊

たんぽぽの夢に見とれてゐる

二十世紀旗手

兵隊がラッパを吹いて通つた
兵隊もラッパもたんぽぽの花になつた

尾形亀之助
かなしめる五月

＊

ちひさなる花雄々しけれ矢筈草

竹下しづの女

＊

小さなる日影をつくる愛らしさ
今さかりなり夏菊黄菊

岡本かの子

＊

ちひさなる真白野薔薇《ましろのばら》にてんとふむし
朱《しゅ》の一点のとまりてあるも

岡本かの子

＊

散る時も開く初めのときめきを
失はぬなり雛罌粟の花

与謝野晶子

＊

月見草近きところに花咲きて
待つ人のある夜のここちする

与謝野晶子

＊

月見草闇乾坤を圓かにす　　竹下しづの女

＊

椿踏む思へるところある如く
大き音たて落つる憎さに　　与謝野晶子

＊

つめたく咲き出でし花のその影　　尾崎放哉

＊

梅雨ばれの庭の真中《まなか》の紅《べに》小ばら
鉢一ぱいに咲きこぼれたり　　岡本かの子

＊

鉄線の花さき入るや窓の穴　　芥川龍之介

＊

ときめきを覚ゆる度《たび》に散るごとし
君と物言ふかたはらの罌粟《けし》　　与謝野晶子

＊

どこかに
梅の木がある
どうだい
星がこぼれるやうだ　　山村暮鳥
梅

＊

とつぜんに庭から葉が出でた

花咲いた　春の流転《るてん》なめらか　　木下杢太郎
草堂四季

＊

とりすませし瓶《へい》にはささで顔あらふ
器に盛れり剪りたての花　　岡本かの子

＊

曇天に圧《お》されて咲ける牡丹かな　　芥川龍之介

＊

ながれがここでおちあふ音の山ざくら　　種田山頭火

＊

泣くことも悔《くい》改《あらた》めも知らぬなり
恋のみ作る紫の藤　　与謝野晶子

＊

夏の花みな水晶にならんとす
かはたれ時の夕立のなか　　与謝野晶子

＊

何とはなしに　おもひでに
二つの花の香《か》を嗅《か》ぎぬ　　薄田泣菫
香のささやき

＊

菜の花の色ほのかなり春の月　　大谷句佛

＊

にほひのままの　花のいろ

立原道造
『鳥啼くときに』

*

ぬいてもぬいても草の執着をぬく

種田山頭火

*

ねむたさの花の醍醐や遠蛙

大谷句佛

*

野菊の瞳息づける馬の足元に

種田山頭火

*

野火のあとまばらに這へる野茨《のいばら》の
若芽はつはつ陽に光る見ゆ

岡本かの子

*

延びよ延びよここな可愛《かあ》ゆき我ままの
蔓草延びよ天まで延びよ

岡本かの子

*

葉がおちて
足元にころがつてゐる
すこしの力ものこしてもつてゐない
すこしの厭味もない

八木重吉
『落葉』

*

萩の花朝のしづくに乱れたり
わが物おもふ胸のごとくに

岡本かの子

*

白牡丹《はくぼたん》　宇宙なり

北原白秋
白牡丹

*

白木蓮の梢雲なしあたゝかき

大谷句佛

*

蓮の葉押しわけて出て咲いた花の朝だ

尾崎放哉

*

はてな　瓶《かめ》にさして何になる　此花《このはな》は折るまい

木下杢太郎
草堂四季

*

花が　咲いた
秋の日の
こころのなかに　花がさいた

八木重吉
『秋の日の　こころ』

*

花がふつてくると思ふ
花がふつてくるとおもふ
この　てのひらにうけとらうとおもふ

八木重吉
『花がふつてくると思ふ』

*

放ちなば千里の野にも馳せぬべき
牡丹の花と思ひけるかな

与謝野晶子

*

花の世となるや人去る春の暮

大谷句佛

*

花はいきするたびごとに
あのきよらかな　かぐはしい
花のにほひをはくのです

金子みすゞ
金魚

*

花は咲くまいとしても咲く時が来ればきつと咲く

種田山頭火
雑誌「樹」六十号・大正7年8月

*

花はちす雀をとめてたわみけり

芥川龍之介

*

花はなぜうつくしいか
ひとすじの気持ちで咲いてゐるからだ

八木重吉
『花』

*

花引きて一たび嗅げばおとろへぬ
乙女心《をとめごころ》の月見草かな

与謝野晶子

*

花一つ胸にひらきて自らを
滅ぼすばかり高き香を吐く

与謝野晶子

*

花日々にふくらみやまず書庫の窓

竹下しづの女

*

花吹雪日に照る雨後の梢より

大谷句佛

*

花降るや牛の額の土ぼこり

芥川龍之介

*

花ゆすら白し暮色をうべなはず

竹下しづの女

*

花綿の淋しき色や一人旅

大谷句佛

*

花をみて
うれしめば
おごらず
いらだたず

わがあいするもの
やがてきゆ

われもまた
じざいなり

八木重吉
『無題』（花をみて）

＊

薔薇ノ木ニ
薔薇ノ花サク
ナニゴトノ不思議ナケレド

北原白秋
薔薇二曲

＊

春浅き椿も落ちて根笹鳴る

大谷句佛

＊

春風に失はるべきここちせぬ
盛りなる日の桜を見れば

与謝野晶子

＊

春風の我に一時や桃桜

大谷句佛

＊

春になれば草の雨三月桜四月すかんぽの花のくれな
ゐまた五月には杜若花《かきつばたはな》とりどり人ちりぢり

木下杢太郎
夜ふけには　―　むかしの仲間

＊

春の雪積む咲き枯れの福寿草

大谷句佛

＊

春は　かるく　たたずむ
さくらの　みだれさく　しづけさの　あたりに

八木重吉
春

＊

馬鈴薯の花咲く頃と
なれりけり
君もこの花を好きたまふらむ

石川啄木

＊

日がかげれば
何もない庭はさびしい
日さへ照つてゐれば
万朶《ばんだ》の花の咲きにほふ心地がする

百田宗治
『何もない庭』

＊

ひかりある
そらはしづかに
ただひとつ
あさがほのさく
われおもふに
このはなは

ほがらけき　ひとみのごとし

八木重吉
『無題』（ひかりある）

＊

ひかりに　うたれて
花がうまれた

八木重吉
『光』

＊

ひそやかにせちにおもへるわがこころ
ゆめ知るなかれ白玉椿《しらたまつばき》

岡本かの子

＊

ひつそりかんとしてぺんぺん草の花ざかり

種田山頭火

＊

一いろの枯野の草となりにけり
思ひ出ぐさもわすれな草も

与謝野晶子

＊

ひとつお鐘がひびくとき
ひとつお花がひらきます

金子みすゞ
林檎畑

＊

各《ひと》つの　木に
各つの　影

木　は
しづかな　ほのほ

八木重吉
『静かな　焔』

＊

人の世へ儚なき花の夢を見に

大谷句佛

＊

灯《ひと》りぬ花より艶《あで》に花の影

竹下しづの女

＊

ひなげしはみんなまつ赤に燃えあがり　めいめい風
にぐらぐらゆれて　息もつけないやうでした

宮沢賢治
ひのきとひなげし

＊

日《ひ》の本《もと》の春のあめつち豪華なる
桜花《さくら》の層をうち築きたり

岡本かの子

＊

ひるがほの這ひ上《のぼ》りたるここちする
正午の月もはかなかりけれ

与謝野晶子

＊

ひるま子供がそこにゐて
お花をつんでゐたところ

夜ふけて
天使がひとりあるいてる
天使の足のふむところ
かはりの花がまたひらく
あしたも子供に見せようと

金子みすゞ
草原の夜

＊

灯《ひ》をさせばたちまち闇は明《あか》りけり
黒ばらと見しは紅《くれなゐ》のばら

岡本かの子

＊

貧乏な天使が　小鳥に変装する
枝に来て　それはうたふ
わざとたのしい唄を
すると庭がだまされて小さい薔薇の花をつける

立原道造
暦

＊

ふくよかに靄《もや》ふくみたる森の樹の
若芽はつはつ見ゆる朝かな

岡本かの子

＊

ぷりむらの
そば吹くときは
かぜもあかるく
うれしさう

新美南吉
『無題』（ぷりむらの）

＊

ふるさとはみかんのはなのにほふとき

種田山頭火

＊

紅椿《べにつばき》かならずわれの過《あやま》てる
こころよ今ぞさらさら捨てなむ

岡本かの子

＊

ほこらしき庭木のかげのひそやけき
露草を病む子にと摘みたり

岡本かの子

＊

ほろほろ酔うて木の葉ふる

種田山頭火

＊

枕辺に挿せるつつじの花ひとひら
ちぎりて渇く唇《くち》にふふめり

岡本かの子

＊

真白い花を私の憩ひに咲かしめよ

伊東静雄
冷めたい場所で

＊

曼珠沙華ほろびるものの美を美とし　竹下しづの女

＊

三日月の雫たゝへし香瓜かな　大谷句佛

＊

短夜や泰山木の花落つる　芥川龍之介

＊

み空の花を星といひ
わが世の星を花といふ　土井晩翠
星と花

＊

身のまはりは日に日に好きな草が咲く　種田山頭火

＊

見はるかす山腹なだり咲きてゐる
辛夷《こぶし》の花はほのかなるかも　斎藤茂吉

＊

三吉野《みよしの》のさくら咲きけり帝王の
上《かみ》なきに似る春の花かな　与謝野晶子

＊

むぐらとも蔑《な》みする山の雑木《ざふぼく》が
いだける紅《べに》の一もとつばき　与謝野晶子

＊

寧ろ花壇にもれし小菊をめづるかな　**大谷句佛**

＊

むらさきと白と菖蒲《あやめ》は池に居ぬ
こころ解けたるまじらひもせで　与謝野晶子

＊

もくせいのにほひが
庭いつぱい

表の風が
御門《ごもん》のとこで
はいろか　やめよか
相談してた　金子みすゞ
『もくせい』

＊

木犀の夜の香りや祭村　大谷句佛

＊

木蓮の花が
ぽたりとおちた
まあ
なんといふ
明るい大きな音だつたらう　山村暮鳥
ある時

＊

もつとも色のない小さいオキザリスの花をそのまつ
毛のまつ先に捉へようとして
彼は音もなく煙のやうにひとり椅子から立ちあがる
佐藤惣之助　薄暮

＊

燃ゆる火の花と咲かめ
薄田泣菫　魂の常井《とこゐ》

＊

八ツ手散る楽譜の音符の散る如く
竹下しづの女

＊

やつと咲いて白い花だつた
種田山頭火

＊

やはらかく恋に我が瞳《め》もうるむころ
地に若草もめぐみそめけり
岡本かの子

＊

藪柑子もさびしがりやの実がぽつちり
種田山頭火

＊

八重一重無常は同じ花吹雪
大谷句佛

＊

山から白い花を机に
種田山頭火

＊

山のおみやげ
まつぼつくり
ぼつくり
ころころ
ころげだせ
山村暮鳥　まつぼつくり

＊

雪かづきサンタマリアのさまに咲く
紅の椿と思ひけるかな
与謝野晶子

＊

雪ふれば昨日のひるのわるひのき
菩薩《ぼさつ》すがたにすくと立つかな
一〇〇四　無題（今日は一日あかるくにぎやかな雪降りです）
宮沢賢治

＊

夕日の土手で
つばなを抜けば
ぬいちやいやいや
かぶりをふるよ
金子みすゞ　つばな

＊

百合咲くや朝ほがらかに藪の中
尾崎放哉

＊

百合咲けばお地蔵さまにも百合の花
種田山頭火

*

臘梅や雪うち透かす枝のたけ
芥川龍之介

*

らんまんとおのづからなるいのちをば
よろこびにつつ花は咲けるを
岡本かの子

*

らんまんと桜さきけりほれぼれと
七面鳥もうち仰ぎつつ
岡本かの子

*

らんまんと桜咲きたり日の本の
弥生の空の雲は動かず
岡本かの子

*

わが庭はとさみづきの黄なる花春を名のらす
木下杢太郎
草堂四季

*

我が踏みて荒法師など思はるる
朴《ほほ》の落葉の音の立てざま
与謝野晶子

*

わが眼に赤き藪椿
外の空気にあかあかと
北原白秋
赤き椿

*

私が求むる花は地獄のまん中に咲いてゐる
種田山頭火
雑誌「層雲」大正5年5月号

*

私のあとに誰か来て
このたんぽぽを眺められるやうに
そしてまた来年の春も咲くやうに
ここにそつとして行きませう
さようなら　さようなら　優しい隣組の奥さんたち
草野天平

*

われはかくいのちかなしくひなげしは
赤きままなるさだめなるべし
岡本かの子

*

われらいま黄金《こがね》なす向日葵《ひぐるま》のもとにうたふ
北原白秋
断章 — 十六

*

折れ伏して枯れ伏して葦すさまじく
竹下しづの女

*

II

風景のなかに

目の前に広がる景色、心のなかに見える景色、それらに寄り添う心。

自然や身の回りの状況などをうたっているものを集めました。

島崎藤村
蝶の舞　花の笑（本文50頁）

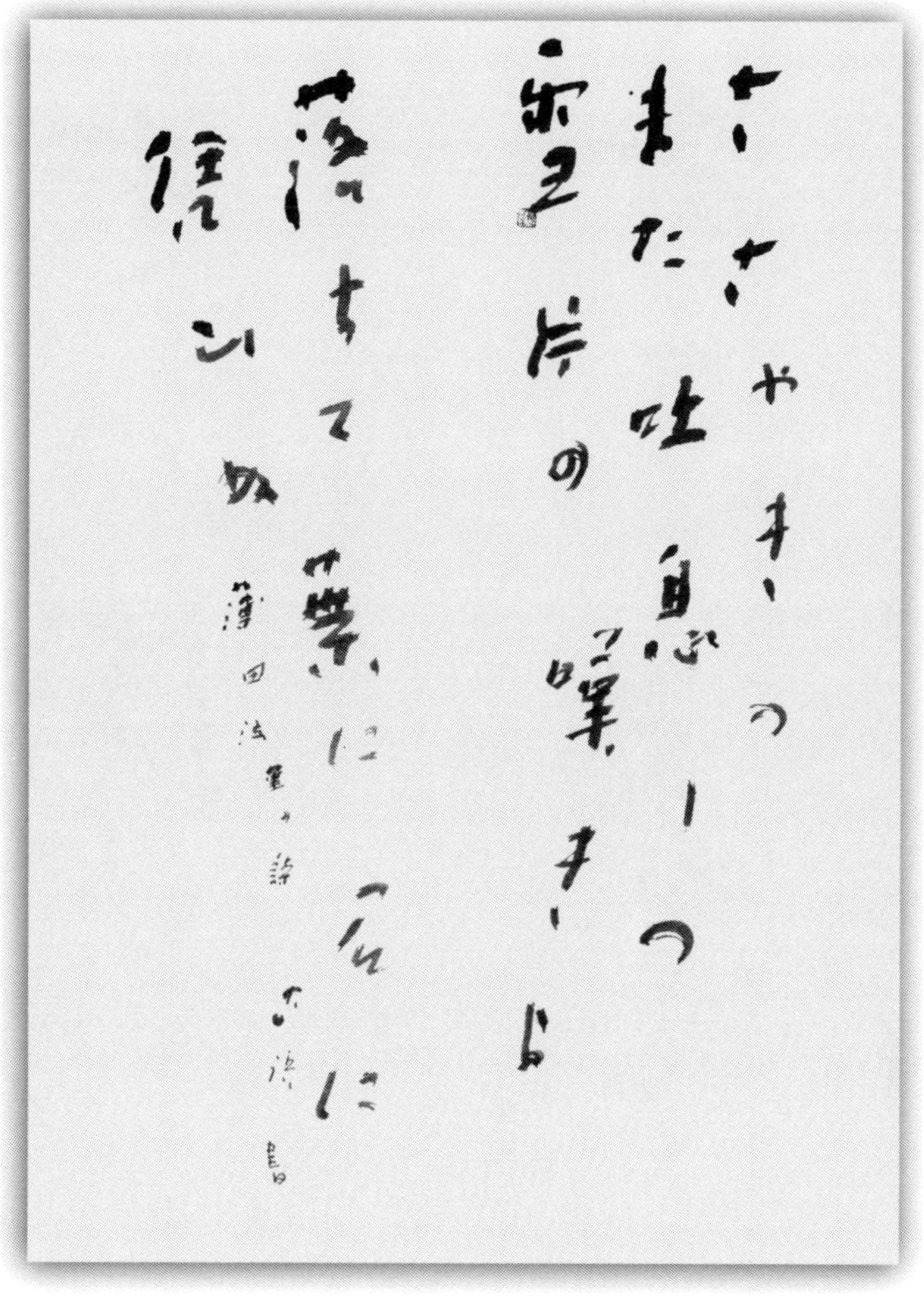

薄田泣菫
ささやきつ　また吐息しつ　雪片の　嘆きよ
落ちて　葉に　石に　凭ひぬ　（本文 46 頁）

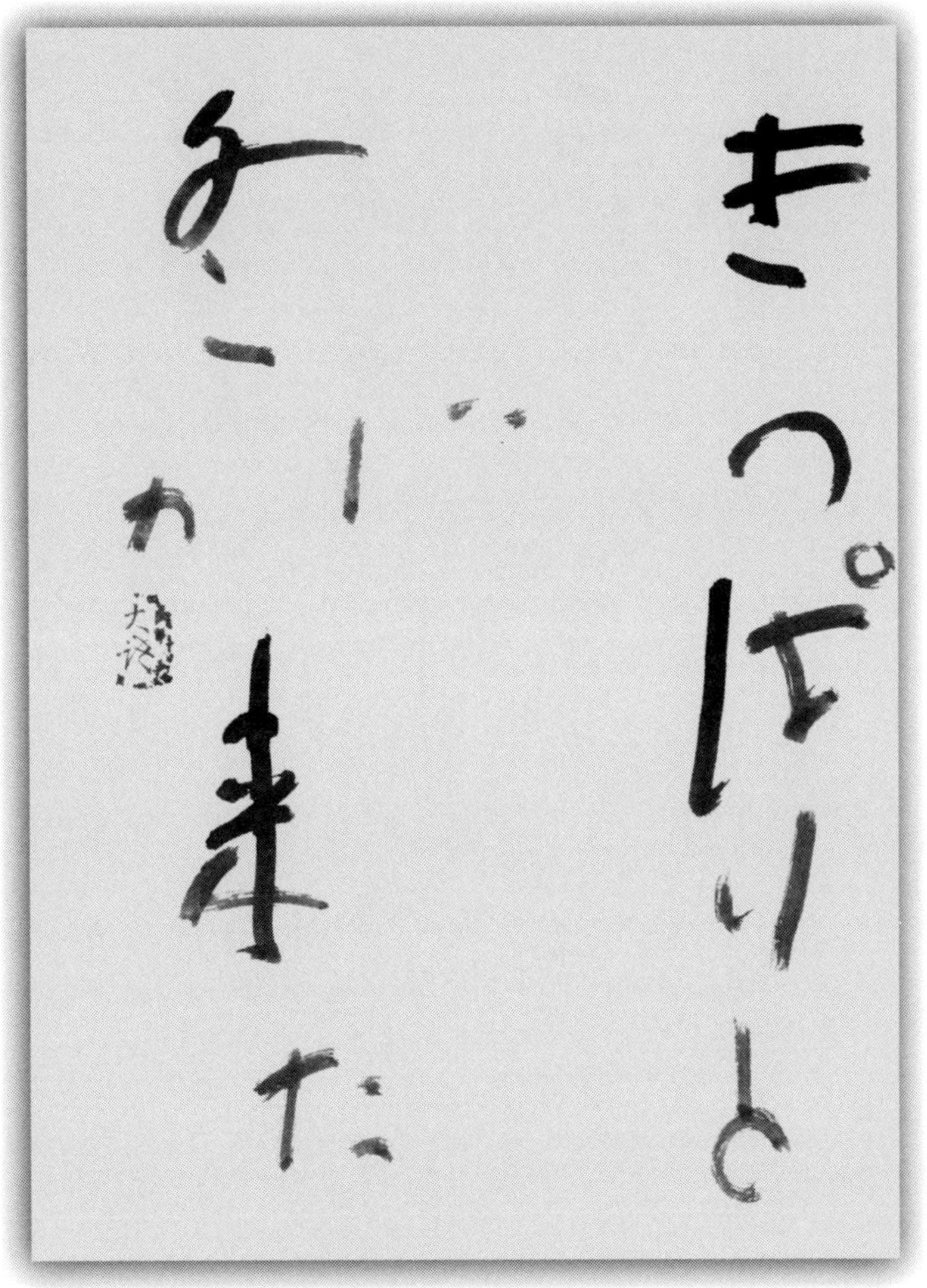

高村光太郎
きつぱりと　冬が来た
（本文 43 頁）

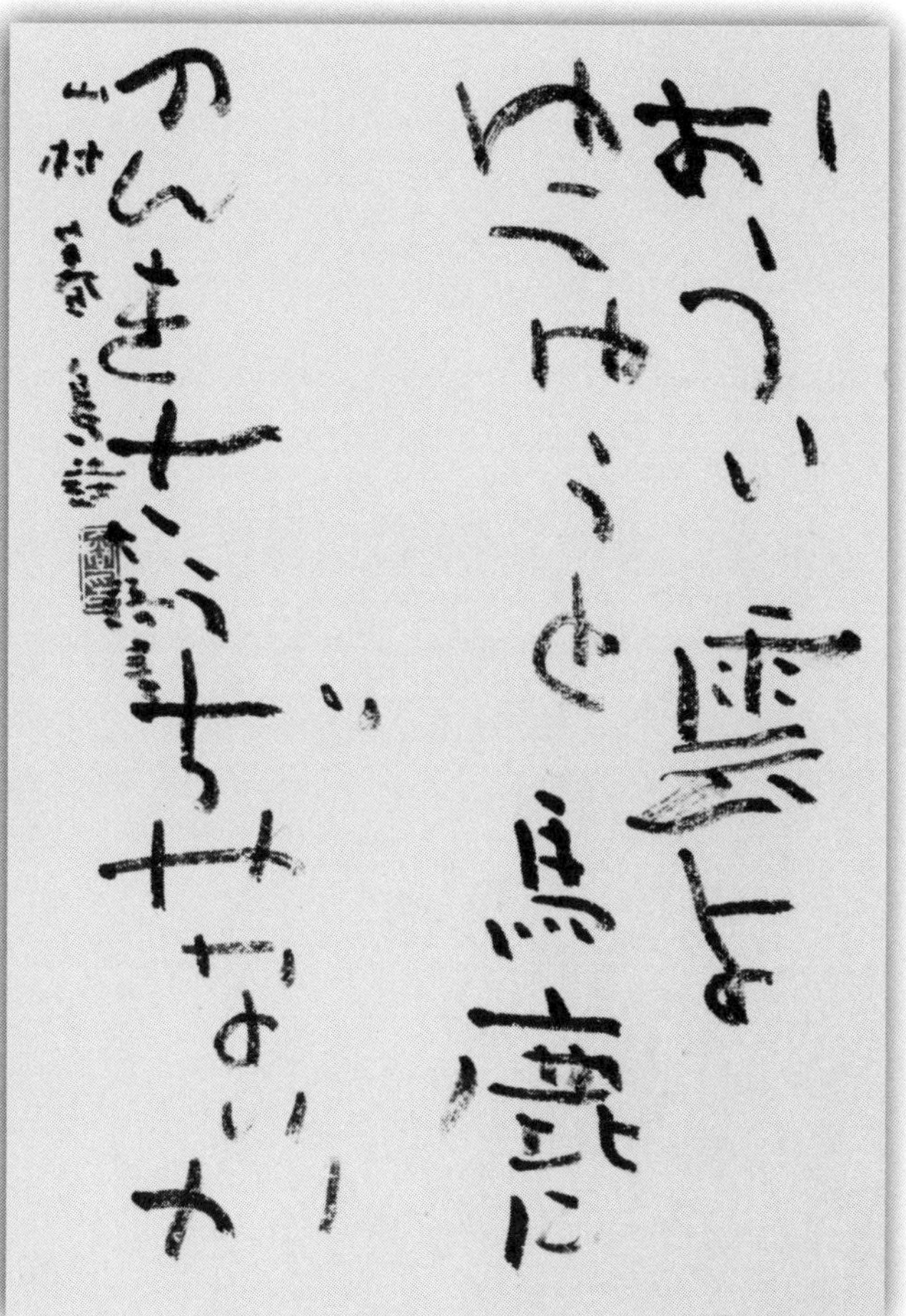

山村暮鳥
おうい雲よ　ゆうゆうと
馬鹿にのんきさうぢやないか（本文 40 頁）

赤あきつ軽げにとべりかそかなる
風にもゆれぬ秋のみのり田

岡本かの子

*

秋風や嵯峨をさまよふ蝶一つ

芥川龍之介

*

秋になると
果物はなにもかも忘れてしまつて
うつとりと実のつてゆくらしい

八木重吉
『果物』

*

秋の
青い眸《ひとみ》は
じつにしづかに
よろこびも
かなしみも
ぢつと
たたへて
ゐます

竹久夢二
秋の眸

*

秋の　いちじるしさは
空の　碧を　つんざいて　横にながれた白い雲だ

八木重吉
白い　雲

*

秋の美しさに耐へかね
琴はしづかに鳴りいだす

八木重吉
素朴な琴

*

秋の風まろき乳房も黒髪も
ためらはで吹く心憎さよ

岡本かの子

*

朝は
まだ　うすぐらい厨所《だいどころ》の
米を研ぐおとよりはじまる

山村暮鳥
家常茶飯詩

*

あしびきの山の峡《はざま》をゆくみづの
をりをり白くたぎちけるかも

斎藤茂吉

*

あたたかに海は笑ひぬ

北原白秋
海辺の墓

*

あたらしく人の開きて新しく

廃道となりいたどりの匍《は》ふ

与謝野晶子

＊

〔沫雪〕
そは早き春の花よりもあたたかし

伊東静雄
沫雪《あはゆき》

＊

雨すぎてたそがれとなり
森はたゞ海とけぶるを

宮沢賢治
『無題』（雨すぎてたそがれとなり）

＊

あめつちに
わが悲しみと月光と
あまねき秋の夜となれりけり

石川啄木

＊

雨は
ガラスの花

尾形亀之助
雨　雨

＊

雨はすきとほつてまつすぐに降り
雪はしづかに舞ひおりる
妖しい春のみぞれです

宮沢賢治
二五　早春独白

＊

雨はまたくらく　あかるく
やはらかきゆめの曲節《めろでい》

北原白秋
雨の日ぐらし

＊

あらはれて枝の末まで美くしき
紅葉よ山はいまだ薄明《はくめい》

与謝野晶子

＊

あるかなきかの虫けらの落す涙は
草の葉のうへに光りて消えゆけり

萩原朔太郎
蟻地獄

＊

青き山辺は吾枕
花さく野辺は吾衾《わがしとね》
星縫ふ空は吾帳《わがとばり》
さかまく海は吾緒琴《わがおごと》

島崎藤村
胡蝶の夢

＊

青東風の雲疾き中の昼の月

大谷句佛

＊

青空の一ひら落ちて光るやと
木の間より見ゆ秋のみづうみ

岡本かの子

＊
抱《いだ》かれて我あるごとし天地《あめつち》を
広き心にながめたる時
岡本かの子

＊
頂の見えざる富士をつたひ行く
秋の終りのわが旅路かな
与謝野晶子

＊
一月の陽当る畑や風の音
大谷句佛

＊
いちばん早い星が　空にかがやき出す刹那は
どんなふうだらう
伊東静雄
夜の葦

＊
いつ月が眩《くる》めき倒れて　いつ夜が明けるやら
蒲原有明
破滅

＊
いつみても
星の綺麗な
子どもらに
一掴みほしいの
山村暮鳥
ある時

＊
今しいま年の来《きた》るとひむがしの
八百《やほ》うづ潮に茜かがよふ
斎藤茂吉

＊
いまだ深き朝霧の底に光る池
ほがらかに蛙《かはづ》こゑたてけり
岡本かの子

＊
入海《いりうみ》のこころの其処にある如く
一ところのみ白波ぞする
与謝野晶子

＊
浮雲が　空をすぎて行く　口笛を吹きながら　何か
ものを考へながら
立原道造
ヴアカンス

＊
動くものは美しい　水を見よ　雲を見よ
種田山頭火
「愚を守る」初版本　昭和16年8月刊

＊
兎も片耳垂るる大暑かな
芥川龍之介

＊
うしろすがたのしぐれてゆくか
種田山頭火

＊
現《うつ》し身が恋心なす水の鳴り

もみぢの中に籠《こも》りて鳴るも

斎藤茂吉

＊

上の雪
さむかろな
つめたい月がさしてゐて

下の雪
重かろな
何百人ものせてゐて

中の雪
さみしかろな
空も地面《じべた》もみえないで

金子みすゞ
『積った雪』

＊

生れたばかりの仔雲
深い青空に鮮かに白く　それは美しい運動を起して
ゐた

梶井基次郎
雪後

＊

海にゐるのは
あれは　浪ばかり

中原中也
北の海

＊

海にふる雪は　海になる
街にふる雪は　泥になる
山にふる雪は　雪でゐる

金子みすゞ
雪に

＊

海の扇よ　吹けよ　鳴れよ
こんなにもあかるく　気高く
ロマンチックな　ロマンチックな
あざやかな灯台の新夜の色をもつて

佐藤惣之助
燦爛たる若者

＊

海よ　小さな泡の呟きよ
空よりもなほ青く
空よりもなほ高く
まぶしい海の　たよりをおくれ

立原道造
海よ

＊

うれしいことがあるやうに
春がわたしをのつくする

竹久夢二

＊

魚の子と人の童《わらは》とさざ波の
あそぶ蔭をばつくるむら蘆

春のあしおと　与謝野晶子

＊

おうい雲よ
ゆうゆうと
馬鹿にのんきさうぢやないか

山村暮鳥
おなじく〈雲〉

＊

小川のせせらぎは　風がゐるから
あんなにたのしく　さざめいてゐる

立原道造
風に寄せて　―　その一

＊

丘を　よぢ　丘に　たてば
こころ　わづかに　なぐさむに似る

八木重吉
丘を　よぢる

＊

落葉掃けばころころ木の実

尾崎放哉

＊

落葉ふかく水汲めば水の澄みやう

種田山頭火

＊

落葉ふる奥ふかく御仏を観る

種田山頭火

＊

お月さま
あなたも行つてくださるの
私の駈《か》けてゆくとこへ

金子みすゞ
お使ひ

＊

お日さまの
お通りみちを　はき浄め
ひかりをちらせ　あまの白雲

宮沢賢治
双子の星

＊

大いなり妙法と云ふ山の文字など
修羅の火をもて書くならん

与謝野晶子

＊

大いなる弧を描きし瞳が蝶を捉ふ

竹下しづの女

＊

大きな虹が　明るい夢の橋のやうにやさしく空にあ
らはれる

宮沢賢治
マリヴロンと少女

＊

大きなる月は

まんまろく転び出でたり

北原白秋
生洲

＊

大空の刺青《しせい》とならず夜の花火
五彩の点の沁み入りて無し

与謝野晶子

＊

海峡に片つかたのみひろげたり
青貝いろの月光のはね

与謝野晶子

＊

街上　ふと止《とど》まり　たそがれ　春音《しゅんおん》を聴く

木下杢太郎
草堂四季

＊

耀《かがや》く浪の美しさ
空は静かに慈しむ
耀く浪の美しさ
人なき海の夏の昼

心の喘ぎしづめとや
浪はやさしく打寄する
古き悲しみ洗へとや
浪は金色　打寄する

中原中也
夏の海

＊

かぎろひの春なりければ木の芽みな
吹き出づる山べ行きゆくわれよ

斉藤茂吉

＊

影させしその蝶にてあらざりき

竹下しづの女

＊

風がそこいらを往つたり来たりする

伊東静雄
早春

＊

風が吹くと　風が吹くと
傾斜になつたいちめんの釣鐘草《ブリューベル》の花に
かゞやかに　かがやかに
またうつくしく露がきらめき
わたくしもどこかへ行つてしまひさうになる

宮沢賢治
三七五　山の晨明《しんめい》に関する童話風の構想

＊

風さわ〳〵鐘ごんとつく秋の暮

大谷句佛

＊

風立てばすこしゆらぎて水くさの
花めく夏の夕ぐれの星

与謝野晶子

＊

風の光に
ほめくべし
花も匂はゞ
酔ひしれむ

新美南吉
一年詩集の序

＊

風のよきに寝ころべば星が流れたり

種田山頭火

＊

かたはらに自ら知らぬひろき野の
ありて隠るるまぼろしの人

与謝野晶子

＊

悲しみも恋の債《おひめ》と云ふものも
知らずあそべる渓のしら波

与謝野晶子

＊

貝などのこぼれしごとく我が足の
爪の光れる昼の湯の底

岡本かの子

＊

蛙たくさんなかせ灯を消して寝る

尾崎放哉

＊

色彩《カラア》も音響《サウンド》もみんな静かな地平にかくれて
大空の夢には月が浮きました

山村暮鳥
影

＊

鴉は
木に眠り
豆は
莢の中
秋の日の
真実
丘の畑
きんいろ

山村暮鳥
『気稟』

＊

ガラス窓の向うで
朝が
小鳥とダンスしてます
お天気のよい青い空

立原道造
『ガラス窓の向うで』

＊

枯木燃ゆ鳰燃ゆ波の夕燃えに

竹下しづの女

＊

きさらぎの海はろばろししばらくは
そぞろぎ渡るわが心かな

岡本かの子

＊

汽車の窓
はるかに北にふるさとの山見え来れば
襟を正すも

石川啄木

＊

啄木鳥《きつつき》や木の葉の渦を見るばかり

竹下しづの女

＊

きつぱりと冬が来た

高村光太郎
冬が来た

＊

黄や菫《すみれ》の宝石は一つづつ声をあげるやうに輝きました

宮沢賢治
マリヴロンと少女

＊

きよねんは
水のおとがうれしかつた
をととしは
空がうれしかつた
ことしの秋は
まつ赤なさくらの葉がうれしい

八木重吉

＊

聖《きよ》らかな白い一面の雪　その雪にも
平らな幅のかげりがある
幽かな緑とも　また　紫ともつかぬ
なんたるつめたい明《あか》りか

北原白秋
『三つの秋』

＊

金の入日がしづむとき
海は花よりうつくしい

金子みすゞ
雪に立つ竹

＊

草を咲かせてそしててふちよをあそばせて

種田山頭火

＊

雲もまた自分のやうだ
自分のやうに
すつかり途方にくれてゐるのだ
あまりにあまりにひろすぎる
涯《はて》のない蒼空なので

山村暮鳥
ある時

＊

雲を漏れたる落日の
その一閃の縦笛の銀の一矢

木下杢太郎　玻璃問屋《がらすどんや》

*

くらい海の上に　灯台の緑のひかりの
何といふやさしさ

伊東静雄　灯台の光を見つつ

*

暗い暗い夜が風呂敷のやうな影をひろげて野原や森
を包みにやつて来ましたが　雪はあまり白いので
包んでも包んでも白く浮びあがつてゐました

新美南吉　手袋を買ひに

*

暮れ果てぬ星もなき空諸葉ゆるがず

種田山頭火

*

薫風や寺から寺へ舟路して

大谷句佛

*

けさ大きい
雲が来た
花束を
満載して

新美南吉　『無題』（けさ大きい）

*

今日も生きて虫なきしみる倉の白壁

尾崎放哉

*

濃藍《こあゐ》なす夕富士が嶺《ね》をふちどれる
ささ紅雲《べにぐも》に手をかざしけり

岡本かの子

*

五月の星は林檎酒《シイドル》の泡を吹き
蛙の歌手達の咽喉《のど》をうるほす

新美南吉　五月の星は

*

凩に吹かれつゝ光る星なりし

種田山頭火

*

木がらしや目刺にのこる海のいろ

芥川龍之介

*

こちたかる魂などは無けれども
夢見てありぬ春の野の雪

与謝野晶子

*

小鳥がふみ落す葉を池に浮べて秋も深い

尾崎放哉

*

小鳥のうたがひびいてゐる　花のいろがにほつてゐ
る

立原道造

SONATINE No.2 ― 虹とひとと

＊

この道しかない春の雪ふる
種田山頭火

＊

このみちをたどるほかない草のふかくも
種田山頭火

＊

この山へ森のいくつを分けて入る
白き路見ゆ月のあかりに
与謝野晶子

＊

この雪はどこをえらばうにも
あんまりどこもまつしろなのだ
あんなおそろしいみだれたそらから
このうつくしい雪がきたのだ
宮沢賢治
永訣の朝

＊

この夜ごろ言葉ずくなに寄り添ひて
あるがうれしやこほろぎの声
岡本かの子

＊

こほろぎはこほろぎゆゑに露原に
音をのみぞ鳴く音をのみぞ鳴く
斎藤茂吉

＊

小径が　林のなかを行つたり来たりしてゐる
立原道造
田園詩

＊

これではない
こんなものではない
自分が子どもでみた世界は
山山だつてこんなにみすぼらしく低くはなかつた
何もかもうつくしかつた
山村暮鳥
『故郷にかへつた時』

＊

ころり寝ころべば青空
種田山頭火

＊

こんこん
こん粉雪
あんまり白い
こんこ松に
たまつて
みどりに染まれ
金子みすゞ
『粉雪』

＊

こんなよい月を一人で見て寝る

尾崎放哉

*

草原は
つゆしとどなる月ありて
すず虫の
ただひとしきり
鈴をふる音

伊東静雄
九月七日・月明

*

蒼天の緑水に似て鯉幟

大谷句佛

*

ささやきつ
また吐息しつ
雪片《ゆきひら》の
嘆きよ
落ちて
葉に　石に
凭《いこ》ひぬ

薄田泣菫
さざめ雪

*

ザボンが二つ
あひよりそふてゐるそのむつまじさ

山村暮鳥
ザボンの詩

何もかたらず
何もかたらないが
それでよいのだ

*

さらさらと氷の屑が
波に鳴る
磯の月夜のゆきかへりかな

石川啄木

*

秋陽は
ひとりが
好きなのか
誰もゐない
部屋に
窓からこつそり
はいつて来て
椅子のうしろを
あたゝめてゐる

新美南吉
『秋陽』

*

自然はあんまり意外で
そしてあんまり正直だ

宮沢賢治

一〇二一　和風は河谷いつぱいに吹く

＊

沈み行く夜の底へ底へ時雨落つ

種田山頭火

＊

しどけなく白菊散るや秋の雨

芥川龍之介

＊

しろがねの
ほんねんのかねは
こずゑに
しづかなり
わがそら
わがてのうへに
ゆれゆれて
したたる

山村暮鳥
鑿心抄

＊

蛇目の傘にふる雪は
むらさきうすくふりしきる

北原白秋
夜ふる雪

＊

春雪の白きよりなほ潔かりし

竹下しづの女

＊

水蒸気
列車の窓に花のごと凍《い》てしを染《そ》むる
あかつきの色

石川啄木

＊

すずしげに飾り立てたる
硝子《ガラス》屋《や》の前にながめし
夏の夜《よ》の月

石川啄木

＊

昴は神の鈴なり冬木触りて鳴る

竹下しづの女

＊

炭取の底にかそけき木の葉かな

芥川龍之介

＊

末遠いパノラマのなかで　花火は星水母《ほしくらげ》ほどのさや
けさに光つては消えた

梶井基次郎
城のある町にて

＊

外吹く風は金の風
大きい風には銀の鈴

中原中也
早春の風

＊

空いつぱいのうろこ雲
お空の海は大波だ

金子みすゞ

月のお舟

＊

空いっぱいのお星さま
きれいな　きれいな　おはじきよ

金子みすゞ
おはじき

＊

空のまん中で太陽が焦げた
八月は空のお祭りだ

尾形亀之助
夏

＊

空は見えなくなるまで高くなつてしまへ

尾形亀之助
愚かなる秋

＊

空よ
おまへのうつくしさを
すこし　くれないか

八木重吉
『空』

＊

大根《だいこ》ばたけの春の雨
青い葉つぱの上にきて
小さなこゑで笑ふ雨

金子みすゞ
畠の雨

＊

太陽はかくろひしより海空《うみぞら》に
天《あめ》の血垂《ちた》りの雲のたなびき

斎藤茂吉

＊

太陽は高き真空にありておだやかに観望す

萩原朔太郎
地上

＊

卓の上に柔く輝いてゐるランプの光
一つの椅子　それから鉄製の粗末な寝台
私の帰つてくるのは此処だ

百田宗治
私の帰つてくるのは此処だ

＊

丈の高い雁来紅《はげいとう》が五六本　かつと秋日に映《は》えて鐘撞《かねつき》
堂《だう》の下に立つてゐる

新美南吉
久助君の話

＊

黄昏《たそがれ》の雲のあひだに山の居ぬ
もの云ひたらぬ心の如く

与謝野晶子

＊

黄昏は庭に木の葉と

土と花　潤ふ影との薫る時なり

永井荷風
庭

*

ただ風ばかり吹く日の雑念

尾崎放哉

*

立木の闇にふはふはと
ふたつ三つ出た蛍かな
窓べにちかくよると見て
差しのばす手の指の間《ま》を
垂火《たりび》逃げゆく檐《のき》のそら
思ひ出に似たもどかしさ

伊東静雄
蛍

*

だれも　見てゐないのに
咲いてゐる　花と花
だれも　きいてゐないのに
啼いてゐる　鳥と鳥

立原道造
ひとり林に……―Ｉ　ひとり林に……

*

小さなみちが　一すじ白く星あかりに照らしだされ
てあつた

宮沢賢治
銀河鉄道の夜

*

散るものは散り
ぴつたりと鳥も鳴かない
雪は降る

草野天平
無題（散るものは散り）

*

月かげは窓のがらすの一つの罅《ひび》をさへきらきらと銀
色に光らせた

木下杢太郎
夜ふけには―硝子《がらす》のひび

*

月清ら清らに匂ふ落ち葉かな

芥川龍之介

*

月今宵いよゝ懶《ものう》く夢みたり

永井荷風
月の悲しみ

*

月のあかりに　野茨《のいばら》とうつぎの白い花がほのかに見
えてゐる村の夜

新美南吉
花のき村と盗人たち

*

次の音初めのおとと争はず
森の鐘こそなまめかしけれ

与謝野晶子

*

月の名をいざよひと呼びなほ白し
竹下しづの女

*

月のひかりはみつけます
暗いさみしい裏町を
金子みすゞ
月のひかり

*

月はいきするたびごとに
あのやはらかな　なつかしい
月のひかりを吐くのです
金子みすゞ
金魚

*

月は
貧しい
田舎では
木犀みたいに
匂ふといふ

かいでもかいでも
匂ふといふ
月は杳《はる》かに
匂ふといふ
新美南吉
月は

*

月も水底に旅空がある
種田山頭火
日記・昭和8年6月16日

*

土をふんで道に立てば
道は霧にまぎれて
曲つてゆく
高村光太郎
わが家

*

梅雨空や山襞陽さす一と所
大谷句佛

*

梅雨晴《つゆばれ》の日はわか枝《え》こえきらきらと
おん髪にこそ青う照りたれ
与謝野晶子

*

蝶の舞
花の笑《ゑみ》
島崎藤村
常盤樹

*

天地清明にして　雪花ちらほら
種田山頭火
日記・昭和8年2月12日

*

天地も人も寝鎮る

底無しの闇の中に
どこからか音も無く
ボンヤリと月の光りが落ちて来た

千家元麿
月の光

＊

灯明《とうみやう》の油はつはつ
ひとしづく焔と照れば
その影を　永劫《とは》に　知恵慈悲《ちゑじひ》
無量光護《むりやうくわうまも》る不思議の
荘厳や

蒲原有明
わがおもひ

＊

鳥雲に入る日は宇宙せまきかな

大谷句佛

＊

鳥渡るビロード翼はばたきて

竹下しづの女

＊

とんでもない時に春がまつしろの欠伸をする

萩原朔太郎
陽春

＊

どんな風にも落ちないで
梢には小鳥の巣がある

山村暮鳥
梢には小鳥の巣がある

＊

ナガルルミヅハイツシンニ
ヒカリミナギリ　ヲドリユク
イツポンカカルマルキバシ
ウヲハソノヘヲトビコユル

北原白秋
ヲガハ

＊

夏山十里幽鳥の声唯一度

大谷句佛

＊

なやましき真夏なれども天《あめ》なれば
夜空は悲しうつくしく見ゆ

斎藤茂吉

＊

日光はいやに透明に
おれの行く田舎道のうへにふる

伊東静雄
田舎道にて

＊

猫の尾の一すじ白きそれもまた
消えてはてなきさつき闇かな

岡本かの子

＊

寝て聞けば遠き昔を鳴く蚊かな

尾崎放哉

＊

廃仏の魂魄寒し散る桜
大谷句佛

＊

初めより命と云へる悩ましき
ものを持たざる霧の消え行く
与謝野晶子

＊

畑はいつもきれいな色と
よい風の吹いてゐる四季の卓子
佐藤惣之助
畑

＊

初東風や枯蘆の陽も春心地
大谷句佛

＊

初恋の甘きごとくに初旅の
佐久の平《たひら》の秋草を嗅ぐ
岡本かの子

＊

はてもなき大地の月夜そことなく
浮きただよへる虫の声かな
与謝野晶子

＊

鳩のうたうたひ居り陽はまんまろ
尾崎放哉

＊

花の香おくる春風よ
眠れる山を吹きさませ
島崎藤村
春——春は来ぬ

＊

花は　またひらくであらう
さうして鳥は　かはらずに啼いて
人びとは春のなかに笑みかはすであらう
立原道造
浅き春に寄せて

＊

はねつるべ　空の月は小さいか
木下杢太郎
草堂四季

＊

浜の真砂に文かけば
また波が来て消しゆきぬ
木下杢太郎
海の入日

＊

刃物のやうな冬が来た
高村光太郎
冬が来た

＊

張りたての障子明るしこの朝の
遠鶯の音こそ冴えたれ
岡本かの子

＊

針持てばいつか小鳥の我軒に
来て鳴く冬のあたたかき昼
岡本かの子

＊

春が思ひがけなく出しぬけに来た

高村光太郎
早春の山の花

＊

春風や仏を刻むかんな屑

大谷句佛

＊

春が春の方で勝手にやって来て　春が勝手に過ぎゆく

中原中也
無題（とにもかくにも春である）

＊

春千山の花ふゞき
秋落葉の雨の音

土井晩翠
暮鐘

＊

春のかぜ加茂川こえてうたたねの
簾《すだれ》のなかに山吹き入れよ

与謝野晶子

＊

春の日の光しづかに大地《おほつち》の
ものゝかほりを味ひてあり

岡本かの子

＊

春の水和歌書くやうに流れ行く

大谷句佛

＊

晴れると春を感じ　曇ると冬を感じた　春を冬が包んでゐるのだ

種田山頭火
日記・昭和8年2月11日

＊

晴れるより雲雀はうたふ道のなつかしや

種田山頭火

＊

日かげいつか月かげとなり木のかげ

種田山頭火

＊

ひかりつつ天《あめ》を流るる星あれど
悲しきかもよわれに向はず

斎藤茂吉

＊

曳き船の遅々と夏川の悠々と

大谷句佛

＊

日ざかりのお地蔵さまの顔がにこにこ

種田山頭火

＊

氷雨のあとの
空に
涙
のごはれた眼のやうに
光を澄む星たち

新美南吉
幸福〈A〉

＊

一すぢの糸のやうに

海の見える
草やまの小径のところに
いちりんの薊は咲いてゐて
浅くしれぬやうに
風はかよつてゐた

草野天平
『初夏の日なか』

*

一つ一つの水玉が
葉末葉末にひかつてゐる
こころをこめて

山村暮鳥
病床の詩

*

人遠し　春の路《みち》
日は落ちて空のやはらか

木下杢太郎
草堂四季

*

日は　うらうららと　わづかに白い雲がわき
みかん畑には　少年の日の夢が　ねむる

八木重吉
大和行

*

雲雀鳴くや入日の上の三日の月

大谷句佛

*

ひろごりて　たひらかの空
土手づたひ　きえてゆくかな
うつくしき　さまざまの夢

中原中也
朝の歌

*

ふいに「春が来るんだわ」
とわけもなく少女は思ふ
すると
くすんとそとの景色がわらつて
ビルのその四階の窓へ
めくばせした

伊東静雄
無題（だあれもまだ来てゐない）

*

深き林の黄葉《もみじば》に
秋の光は履《ふ》むがまゝ

島崎藤村
響りん〳〵　音りん〳〵

*

節穴の日が風邪の子の頬にありて

竹下しづの女

*

不思議に海は躊躇《たゆと》うて
新月は空にゐます

伊東静雄
即興

＊

ふとあぐる面にあたる薄あかり
いつしか空に月の登れる

岡本かの子

＊

ふと
夕日さしそふ
瞬間《たまゆら》の夕日さしそふ

北原白秋
雨の日ぐらし

＊

冬が又来て天と地とを清楚にする

高村光太郎
冬の言葉

＊

冬木鳴る昴の星の鳴るばかり

竹下しづの女

＊

冬の日は
やはらかく
慈悲の顔のやうにあかるい

八木重吉
『冬の日』

＊

冬の夜の煖炉《すとおぶ》の
湯のたぎる静けさ

木下杢太郎
該里酒《せりいしゅ》

＊

ふるきころもを
ぬぎすてて
はるのかすみを
まとへかし

島崎藤村
林の歌

＊

北斗の座三分は見えず伊豆の山
十一月の銀河ながるる

与謝野晶子

＊

ほこりのついた
芝草を
雨さん洗つて
くれました

洗つてぬれた
芝草を
お日さんほして
くれました

かうして私が
ねころんで

空をみるのに
よいやうに

金子みすゞ
『お日さん　雨さん』

*

星と
潮と
草むらに
緑のらむぷ
つけしは誰ぞや
さわたる　秋の
風ならで

新美南吉
『秋風之賦』

*

星のおくにも星がある
眼には見えない星がある

金子みすゞ
みえない星

*

星の光つてゐる空は真青であつた

梶井基次郎
冬の蝿

*

ポツカリ月が出ましたら
舟を浮べて出掛けませう

波はヒタヒタ打つでせう
風も少しはあるでせう

中原中也
湖上

*

また見ることもない山が遠ざかる

種田山頭火

*

町の屋根からは煙
遠い山からは蜩《ひぐらし》

梶井基次郎
城のある町にて

*

松の葉を喰ふひたすらの毛虫は美《は》し

竹下しづの女

*

窓あけて窓いつぱいの春

種田山頭火

*

前渓《まへだに》も北山渓《きたやまだに》も霧湧けば
我身よりさへ湧くここちする

与謝野晶子

*

丸々と大きく生れ月の秋

大谷句佛

*

真綿のやうに柔かい雪の上を駈け廻ると　雪の粉《こ》が
しぶきのやうに飛び散つて小さい虹がすつと映る
のでした

新美南吉

＊

みきはしろがね
ちる葉のきん
かなしみの手をのべ
木を揺《ゆす》る
一本の天《そら》の手
にくしんの秋の手

手袋を買ひに

山村暮鳥
『手』

＊

みぞるるや犬の来てねる炭俵

芥川龍之介

＊

水は流れる　雲は動いて止まない　風が吹けば木の葉が散る　魚ゆいて魚の如く　鳥とんで鳥に似たり
　それでは　二本の足よ　歩けるだけ歩け　行けるところまで行け

種田山頭火
日記・昭和5年9月14日

＊

水よりしづかな　しづかな
葉がくれの　曇れる野の色に
つやつやした風のふるるところを愛せよ

佐藤惣之助
青梨

＊

水底うつくしう夕映えて動くものなし

種田山頭火

＊

南のそらで星がたびたび流れても
べつにあぶないことはない
しづかに睡つてかまはないのだ

宮沢賢治
一五六　無題（この森を通りぬければ）

＊

御仏の観音山の朝露も
おもひ乱るるすがたなりけり

与謝野晶子

＊

無月にもあらずさやけきにもあらず

竹下しづの女

＊

名月のあまり澄む夜や雲恋ふる

大谷句佛

＊

燃ゆるしづけさ
白熱のしゞま

種田山頭火
火が燃える　「樹」六十号　大正7年8月

＊

森に入る白き大道わかき日の
恋のこころのおもむく如し

与謝野晶子

＊

焼け〳〵て野火のおとろへ蝶の飛ぶ
大谷句佛

＊

やさしい朝でいつぱい
立原道造
燕の歌

＊

優しくも君が袂《たもと》にかくれ来し
秋の旅路の一ひらの葉よ
岡本かの子

＊

やさしくも　果し知られぬ
しづけさは
月の光の色に浸む
夜《よる》の空より落ちかゝる
あゝ　うつくしの夜《よ》や
永井荷風
ましろの月

＊

やすみやの浜に二つの灯のありぬ
くちなしの実の浮べる如く
与謝野晶子

＊

やはらかき金糸の渦をうづたかく
大地に盛る春の日輪
岡本かの子

＊

山風が月見草をばかへり見て
少し優しくなりにけるかな
与謝野晶子

＊

山と霧人間の和《わ》のはかなさに
比ぶべからず寄りも寄らずも
与謝野晶子

＊

山の夜や星にまじりてあるごとく
高き方にて鳴けるこほろぎ
与謝野晶子

＊

闇とひとの夢幻をはなれて
蠟燭はひとり燃える
伊東静雄
中心に燃える

＊

雪が一そうまたたいて
そこらを海よりさびしくする
宮沢賢治
三三八　異途への出発

＊

雪も深夜をよろこんで
数限りもなく降りつもる
高村光太郎
深夜の雪

＊

雪をはらんだつめたい雨が

闇をぴしぴし縫つてゐる

宮沢賢治
三一三　産業組合青年会

＊

ゆくての道
ばらばらとなり
月　しののめに
青いばかり

立原道造
『ゆくての道』

＊

ゆふ空から柚子の一つをもらふ

種田山頭火

＊

夕焼のくれなゐの雲限りなく
乱るる中の美くしき月

与謝野晶子

＊

夢に　みし
空の
青かりき
山の土と
草の
うれしく　ありき

八木重吉
『無題』（夢にみし）

＊

よせくる　よせくる
このしろき浪の列はさざなみです

萩原朔太郎
春夜

＊

夜なかの風はつまらなさうに
ひとりで空をすぎてゆく

金子みすゞ
夜なかの風

＊

落日はまはる
しづかなる
ひかりを胸にしたたらす

八木重吉
『落日』

＊

流星も縄飛びすなる子のやうに
優しく見えて川風ぞ吹く

与謝野晶子

＊

わが歩みここに極まり雲くだる
もみぢ斑《ふ》のなかに水のみにけり

斎藤茂吉

＊

わたくしから見えるのは
やつぱりきれいな青ぞらと

すきとほつた風ばかりです

宮沢賢治
眼にて云ふ

*

私の上に降る雪は
真綿のやうでありました

中原中也
生ひ立ちの歌

*

Ⅲ　心のままに

様々な感情とともに生きている私たち。赤裸々に、そっと優しく、
心が告白しているようなものを集めました。

金子みすゞ

私はいまね　小鳥なの（本文 113 頁）

太宰治

憤怒こそ愛の極点　（本文 99 頁）

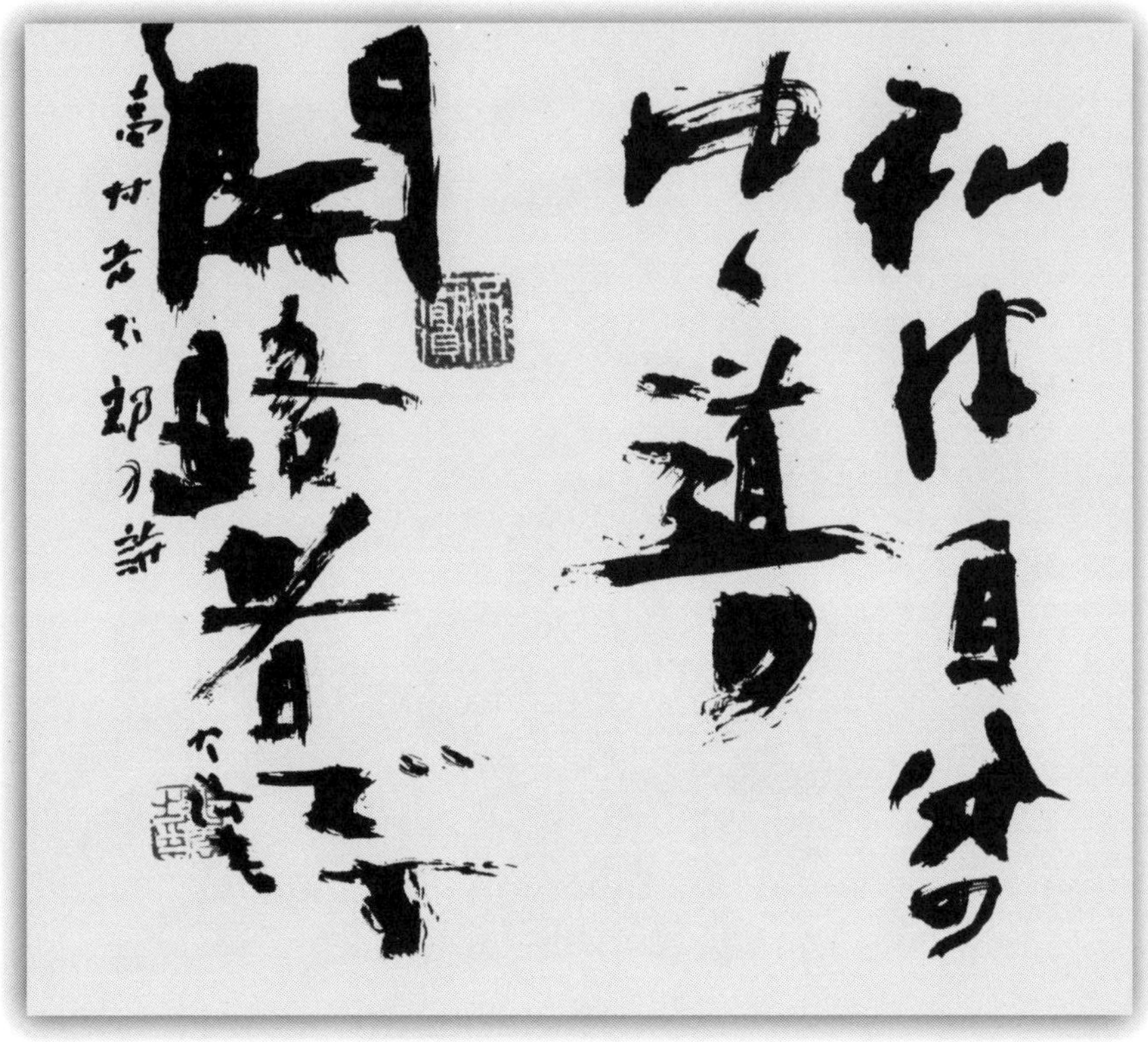

高村光太郎

私は自分のゆく道の開路者です（本文 113 頁）

新美南吉
花束ノヤウナ心ヲ抱イテ立ツテヰル　（本文 95 頁）

ああ今日も亦
安心のわくやうに
心持よくなるやうに
姿勢を正して
かるくかるく
歩みを移す

草野天平
淋しさ

*

ああ　さやかにも
この　こころ　咲けよ　花と　咲けよ

八木重吉
花と　咲け

*

ああ　またこんな
こころの季節になつた

新美南吉
冬〈C〉

*

ああ皆んな行く行く
生きるも死ぬも一本の道

草野天平
弁慶の飛び六法

*

あゝゆるやかに我身をゆする眠りの歌
このやさしき唄の節　何をか我に思へとや

永井荷風
ぴあの

*

あゝ夜のそらの青き火もて
われらがつみをきよめたまへ

宮沢賢治
饑餓陣営

*

あゝ喜びや悲しみや
みんな急いで逃げるもの

中原中也
詩人の嘆き

*

ああわたしは一人の旅人か
たえず人寂びれた往還を歩み
彼方広い空にわだかまる銀の雲を
目がけて歩む
ひとりの旅人か

福士幸次郎
一人の旅人

*

愛することは　いのちがけだよ

太宰治
雌に就いて

*

あかんぼを寝かしつける

子守唄
やはらかく細くかなしく
それを歌つてゐる自分も
ほんとに何時かあかんぼとなり
ランプも火鉢も
急須も茶碗も
ぼんぼん時計も睡くなる

山村暮鳥
『夜の詩』

*

秋風　行きたい方へ行けるところまで

種田山頭火

*

朝　真珠色の空気から
よい詩が生れる

立原道造
Ⅲ　一日は……

*

朝の湯の
湯槽のふちにうなじ載せ
ゆるく息する物思ひかな

石川啄木

*

嘲笑《あざわら》つてゐてもいい　誰かが自分の今為《し》たことを見
てゐて呉れたら

梶井基次郎
路上

*

明日はみんなをまつてゐる
泉のやうにわいてゐる
らんぷのやうに点《とも》つてる

新美南吉
明日

*

葦火してしばし孤独を忘れをる

竹下しづの女

*

明日こそは
手とり行かまし

北原白秋
断章 ― 五十五

*

あたしの心に何がある
あててもこれはあげません

竹久夢二
あげてよいものわるいもの

*

暖く何処にもゐて
冷く何処にもゐない
空気のやうになりたい

草野天平
独り坐つて

*

与へられぬことを恨むまい

心からほんとに
すべてを捨てゝ
求めたことがあつたと言へるか

竹久夢二
『求願《くぐわん》』

＊

新らしい風のやうに爽やかな星雲のやうに
透明に愉快な明日は来る

宮沢賢治
生徒諸君に寄せる

＊

あたらしくまつすぐに起《た》て
明るい雨がこんなにたのしくそそぐのに

宮沢賢治
小岩井農場

＊

あのうみは
だれの海なの

山村暮鳥
おなじく〈ある時〉

＊

あの山の　いただきに　のぼりてみれば
かのころの夢　しづかにも　わきてもどるかや

八木重吉
無題（街にとざされたる）

＊

甘栗をむけばうれしき雪夜かな

芥川龍之介

＊

あまり喜び過ぎぬやうにしませう
いたづらな運命に妬まれぬために

竹久夢二
巣《ねすと》

＊

飴売《あめうり》のチヤルメラ聴けば
うしなひし
をさなき心ひろへるごとし

石川啄木

＊

雨の霽《は》れ間をオルガンは
僕を何処まで追つかける　オルガンは
雨を含んだ風にのり
小さな僕の耳に泣く

中原中也
燃える血

＊

雨は真珠か　夜明の霧か
それともわたしの忍び泣き

北原白秋
城ヶ島の雨

＊

雨をみてると
をどりたくなる

花をかついでうたをうたはう

八木重吉
『雨』

＊

荒き胸にも一輪の
花をかざすは恋なりき

島崎藤村
ふと目はさめぬ

＊

歩け　歩け　へたばるまで歩け

梶井基次郎
冬の蠅

＊

歩けば歩けば夜は限りなくとほい

立原道造
旅人の夜の歌

＊

或る時は澄み　ある時は濁る

種田山頭火
書簡（木村緑平宛て）・昭和11年6月30日

＊

ある時は　歓びなりき
ある時は　悲しみなりき
いまは
十字架

竹久夢二
『恋』

＊

ある日の　こころ
山となり
ある日の　こころ
空となり

八木重吉
或る日の　こころ

＊

ある日ふと
泉が湧いた
わたしの心の
落葉の下に

新美南吉
泉〈A〉

＊

青い空は静かに窓の向ふにいつまでも明るかつた
窓をしめるのを忘れたやうに

千家元麿
或る夕方

＊

蒼き夏の夜や
麦の香に酔《ゑ》ひ野草《のぐさ》をふみて
小みちを行かば
心はゆめみ　我足さはやかに
わがあらはなる額

行く風に浴《ゆあ》みすべし

永井荷風
そぞろあるき

＊

如何にも俺は俺らしく
本当でしかもいい声を
どうしても
さうだ
どうしても出さなければならぬ

草野天平
詩人の旅

＊

いかりなき
その日のうれしさ

八木重吉
無題（あかつきの）

＊

斑鳩寺のみ堂のおくに
掌にみつる天女が
笛吹くをきけバ
ほのほめき澄みまさるもの
七彩《なゝいろ》の虹なすものよ
あはれひとすじに
やさしくながれ
あが魂にふるゝほどに
あたゝかにふとふるゝほどに

新美南吉
『天女笛吹像』

＊

生きてゆくから　叱らないで下さい

太宰治
狂信の神

＊

いくら書いて行つても　しやべりたいことは尽きさ
うもない

芥川龍之介
ジヤアナリズム

＊

一度といふことの
嬉しさよ

中原中也
一度

＊

一日一日を　たつぷりと生きて行く

太宰治
新郎

＊

いちばんのさいはひに至るためにいろいろのかなし
みもみんなおぼしめしです

宮沢賢治
銀河鉄道の夜

＊

いつからか笑つたことの無い顔をもつて居る

＊

一切空　放心無罣礙の境地

尾崎放哉

＊

一生を棒にふつて道に向ふ

種田山頭火
日記・昭和11年8月6日

＊

一心玲瓏《イッシンレイロウ》
不二ノ山

高村光太郎
当然事

桶屋箍《タガ》ウツ桶ノ中ニ
白金玲瓏《ハッキンレイロウ》
天ノ雪

北原白秋
北斎

＊

いつそインキと紙がなくなれば
ほんとをいつたら言葉がなくなれば
僕にはどんなにしづかなことだらう

立原道造
いつそインキと紙が

＊

いつとても帰り来給ふ用意ある
心を抱き老いて死ぬらん

与謝野晶子

＊

伊豆の海君を忍ばず我れもなき
千年のちを思ふ夕ぐれ

与謝野晶子

＊

一杯の水をふくめば天地《あめつち》の
自由を得たる心地こそすれ

岡本かの子

＊

いつまでもこの世秋にて萩を折り
すすきを採りて山を行かまし

与謝野晶子

＊

いつまでも　さうして　ほほゑんでゐるがいい

立原道造
Ⅶ また昼に

＊

凍て畳に落ちてひろごる涙かな

竹下しづの女

＊

糸きれし紙鳶《たこ》のごとくに
若き日の心かろくも
とびさりしかな

石川啄木

＊

糸車　糸車　しづかに黙《もだ》す手の紡《つむ》ぎ

北原白秋

糸車

*

いとしさと憎さとなかば相寄りし
おかしき恋にうむ時もなし

岡本かの子

*

いのる言葉を知らず
ただわれは空を仰いでいのる

高村光太郎
秋の祈

*

いはれも無く可笑しい笑を
ああ何といふ長い間私は忘れてゐた

高村光太郎
丸善工場の女工達

*

言へば言ふほど　僕はなんにも言つてゐない

太宰治
道化の華

*

いま貴重な一秒時が過ぎ去つて行く

萩原朔太郎
時計を見る狂人

*

今でもやさしい心があつて
こんな晩ではそれが徐《しず》かに呟きだすのを
感謝にみちて聴きいるのです

中原中也
更くる夜

*

いま　といふ瞬間は　面白い

太宰治
女生徒

*

今目の前に浮んだ国へ
も一度わたしの空想を連れて行きたい

木下杢太郎
煖炉のそば

*

今ゐる処に
しつかりゐるのが
一番いいのだ

草野天平
無題（今ゐる処に）

*

入れものが無い両手で受ける

尾崎放哉

*

いろいろなことが書きたかつた　それをたつたひと
りの人に読ませたかつた

立原道造
小さな墓石の上に

*

憂き恋のむかしの里の春ぞ逝く

大谷句佛

＊

動いて動かない心である

種田山頭火
「愚を守る」初版本　昭和16年8月刊

＊

嘘をつかない人なんて　あるかしら

太宰治
女生徒

＊

疑へる心の如く
この泉は濁りたり
渇けるわれに
君が涙をのましめよ

永井荷風
道のはづれに

＊

美しいものにならず　ほほゑむがよい

立原道造
VII 溢れひたす闇に

＊

美くしく斬られんとして怠らず
年頃われは身を清め居り

岡本かの子

＊

現身《うつせみ》は道の上に失はれ鈴の音だけが町を過《よぎ》る

梶井基次郎
ある心の風景

＊

うつろの心に眼が二つあいてゐる

尾崎放哉

＊

腕拱《く》みて
このごろ思ふ
大いなる敵目の前に踊り出でよと

石川啄木

＊

うなだれて
明るくなりきつた秋のなかに悔いてゐると
その悔いさへも明るんでしまふ

八木重吉
『悔』

＊

生れける新しき日にあらずして
忘れて得たる新しき時

与謝野晶子

＊

生れ故郷の東京が
文化のがらくたに埋もれて
足のふみ場もないやうです

高村光太郎
報告

＊

海恋し潮の遠鳴りかぞへては
をとめとなりし父母《ちちはは》の家

与謝野晶子

＊

麗《ウラ》ラカヤ　十方法界
感極マレバ海ノ魚
須弥《シュミ》大山《タイセン》モ飛ビ越ユル

北原白秋
魚

＊

うれしいこともかなしいことも草しげる

種田山頭火

＊

うれしきは
こころ　咲きいづる日なり

八木重吉
咲く心

＊

おしやべりよ　つぶやきよ
お前たちはとほくに行け

立原道造
やつと欲しいものが

＊

落ちかかる月を観てゐるに一人

種田山頭火

＊

お月さんもたつた一つよ

尾崎放哉

＊

音が心にとけいるとき　心が音をとかすとき　それ
は音でなくして声である

種田山頭火

日記・昭和8年2月16日

＊

おどけたる一寸法師舞ひいでよ
秋の夕《ゆふべ》のてのひらの上

与謝野晶子

＊

おのがじし母に子に澄む今日の月

竹下しづの女

＊

お早う　いゝお天気です
天の幸　君にあらんことを

宮沢賢治
ビジテリアン大祭

＊

おはやう
おはやう
なんといふ純らかな挨拶
それがいたるところで
とりかはされる
一日のはじまりである

山村暮鳥
家常茶飯詩

＊

大形の被布《ひふ》の模様の赤き花
今も目に見ゆ
六歳《むつ》の日の恋

石川啄木

＊

朧夜や人のまことに泣かさるゝ　大谷句佛

＊

想ひ出をひとつひとつとり出だし
ぬくい日ざしの中で卵のやうにだいてゐた　八木重吉
『茅』

＊

思ひのほかでありました
恋だけは　中原中也
想像力の悲歌

＊

念ふ心と念はれる心といふものも　さう出鱈目なも
のではない　草野天平
詩人といふ者

＊

思ふこと盗みきかるる如くにて
つと胸を引きぬ
聴診器より　石川啄木

＊

思ふこと皆打出でて殻のごと
心の軽くなれるさびしさ　岡本かの子

＊

思ふ人ある身はかなし雲わきて
尽くる色なき大ぞらのもと　与謝野晶子

＊

思へば遠く来たもんだ
十二の冬のあの夕べ
港の空に鳴り響いた
汽笛の湯気は今いづこ　中原中也
頑是ない歌

＊

折々は君を離れてたそがれの
静けさなども味ひて見む　岡本かの子

＊

おれはひとりの修羅なのだ　宮沢賢治
春と修羅

＊

恩は着なければならないが　恩に着せてはならない　種田山頭火
日記・昭和6年1月3日

＊

かういふ恩愛を私はこれからどうしよう　高村光太郎
親不孝

＊

幸福といふ一とかけら

草野天平
覚え書

＊

かうふくは
しづかなせかい

八木重吉
無題（かうふくは）

＊

幸福は
鳥のやうに飛ぶ

千家元麿
幸福

＊

幸福はとんでゐる
自然の快楽もとんでゐる
明るいあちこちの誰もゐない処に

佐藤惣之助
水のほとりにての感想

＊

幸福は一夜おくれて来る

太宰治
女生徒

＊

鏡のうしろへ廻つてみても「私」はそこに居ないのです

萩原朔太郎
鏡

＊

額ぶちを離れたる
モナ・リザは歩み去れり

高村光太郎
失はれたるモナ・リザ

＊

風がひとり
巷の坂をのぼるなり
風にさそはれて
あゆむ心か

竹久夢二
『巷の風』

＊

風に吹かれてゐる草などを見つめてゐるうちに　何時か自分の裡にも丁度その草の葉のやうに揺れてゐるもののあるのを感じる

梶井基次郎
泥濘

＊

風の　己の　その声を聴く

種田山頭火
日記・昭和7年12月20日

＊

片仮名で子へ章を書く旅の秋

大谷句佛

＊

かなしきときは

貝殻鳴らそ
二つ合わせて息吹きをこめて
静かに鳴らそ
貝がらを

新美南吉
貝殻

＊

悲しくも雲の万里をゆきかふに
ならふよしなき人の別れぞ

与謝野晶子

＊

かなしみと
わたしと
足をからませて　たどたどとゆく

八木重吉
『悲しみ』

＊

かならずや
ひかりのせかいがあらう

八木重吉
『無題』（かならずや）

＊

蚊の声の中に思索の糸を獲し

竹下しづの女

＊

かの時に言ひそびれたる
大切の言葉は今も
胸にのこれど

石川啄木

＊

蛾の眼すら羞ぢらはれゐて書《ふみ》を書く

竹下しづの女

＊

帰らなんいざ草の庵は春の風

芥川龍之介

＊

蛙聴く耳の孤独は珠《たま》をなす

竹下しづの女

＊

蛙さびしみわが行く道のはてもなし

種田山頭火

＊

顔あかめ怒りしことが
あくる日は
さほどにもなきをさびしがるかな

石川啄木

＊

神こそはおそらくは
童形《どうげう》ならむ

北原白秋
樺太風景

＊

髪につけた明るいりぼんに
私の心は軽るい

尾形亀之助
私　私はそのとき朝の紅茶を飲んでゐた

＊

神は誠の君にやどりぬ小春晴　大谷句佛

＊

からだを投げておれは泣きたい
けれどもおれはそれをしてはならない
無畏《むゐ》　無畏
断じて進め　宮沢賢治　境内

＊

からまつ落葉まどろめばふるさとの夢　種田山頭火

＊

感ぜられない方向を感じようとするときは
たれだつてみんなぐるぐるする　宮沢賢治　青森挽歌

＊

寒梅の白きと同じ御心　大谷句佛

＊

衣ずれの音のさやさやすずろかに
ただ伝ふのみ　わが心この時裂けつ　蒲原有明　茉莉花《まつりくわ》

＊

君は　自身の影におびえてゐるのです　太宰治　風の便り

＊

君よ　君の少年《アンフアンス》を
探すなら
しほたれた帽子《ソフト》をぬぎたまへ
麦笛を吹いて
この小径《こみち》をゆきたまへ　新美南吉　初夏抒情

＊

気持のまんなかに
きつと明るいものが小さくともつてゐる　八木重吉　冬

＊

麒麟《きりん》ノヨウニ
クビガ　ナガイ
カラダハ　生活ノ
ザツバクノナカニ
オキナガラ
雲ニ　アタマヲ
ツツコンデイル
薔薇イロノ
雲ニ　新美南吉　『雲〈B〉』

＊

きれいな気持ちでいよう
花のような気持ちでいよう
報いをもとめまい
いちばんうつくしくなつていよう

八木重吉
『ねがひ』

＊

銀河は大空間に発光する水と花とを微塵に散らした
精神である

佐藤惣之助
銀河　その一

＊

銀の時計のつめたさは
薄らあかりのⅦ《しち》の字に
君がこころのつめたさは
河岸の月夜の薄あかり

北原白秋
薄あかり

＊

空《くう》を観ずるのではない　空そのものになる

種田山頭火
日記・昭和13年10月12日

＊

くさがかれたんだから
わたしのおもひだつて
すなほにかれたらいい

八木重吉
『冬のある日』

＊

草に臥《ね》て
おもふことなし
わが額《ぬか》に糞《ふん》して鳥は空に遊べり

石川啄木

＊

草の葉といふ
人といふ
あかんぼといふ　花といふ
しづかな
彫られたやうな
さまざまの　ほのほよ

八木重吉
無題（さまざまの）

＊

口唇《くちびる》に言葉ありとも
このこゝろ何か写さむ
たゞ熱き胸より胸の
琴にこそ伝ふべきなれ

島崎藤村
吾胸の底のこゝには

＊

唇をかめばすこしく何物か
とらえ得しごと心やはらぐ

岡本かの子

*

苦痛の底でも　うつとりしてゐたつて　いいではな
いか

太宰治
火の鳥

*

暗闇の底から
星が一つ青々と炎えて自分の胸に光りをともした

千家元麿
星

*

くれなゐの苺の実もてうるほしぬ
ひねもすかたく結びし唇

岡本かの子

*

毛糸編み居てその胸が灯を点《とも》す

竹下しづの女

*

けふ一日を　よろこび　努め　人には優しく

太宰治
新郎

*

けふもいちにち風をあるいてきた

種田山頭火

*

今日も私の胸の戸へ
ノックするのは誰だらう

竹久夢二
ノック

*

懈《け》慢界《まんがい》に生れて永き日なりけり

大谷句佛

*

蹴られても　踏まれても何とされてもいつでも黙々
としてだまつて居る

尾崎放哉
入庵雑記「石」より

*

幻想の　光りの　一年の幸福と未来とを大きい自然
の時計の上に指してたのしむ明るい月

佐藤惣之助
十二月

*

故郷忘れがたし　しかも留まりがたし

種田山頭火
雑誌「層雲」昭和12年5・6月号

*

ここにかうしてわたしをおいてゐる冬夜

種田山頭火

*

心だけが　群をはなれた孤独な鳥のやうに　ずんず

ん高い天へ舞ひのぼつて行く

新美南吉
最後の胡弓弾き

＊

心といふ奴は何といふ不可思議な奴だらう

梶井基次郎
檸檬

＊

心に誠意をもつて善い行ひをする時には　僕らはなんど同じことをしても退屈するものではない

新美南吉
ごんごろ鐘

＊

こころのいろは　かぎりなく
ただ　こころのいろにながれたり

八木重吉
こころの　船出

＊

心は底のない穴

種田山頭火
雑誌「層雲」大正4年4月号

＊

こころむなしくあらなみのよせてはかへし

種田山頭火

＊

こころよ
起きよ
目を醒ませ

中原中也
童謡

＊

こころよ
では　いつておいで

しかし
また　もどつておいでね

やつぱり
ここが　いいのだに

こころよ
では　行つておいで

八木重吉
『心よ』

＊

心を尽くせば
少しはよい事もできるかもしれぬ

八木重吉
明日

＊

こころをばなににたとへん
こころはあぢさゐの花
ももいろに咲く日はあれど
うすむらさきの思ひ出ばかりはせんなくて

萩原朔太郎
こころ

＊

心をまとめる鉛筆とがらす

尾崎放哉

＊

不来方《こずかた》のお城の草に寝ころびて
空に吸はれし
十五の心

石川啄木

＊

コップに一ぱいの海がある

立原道造
コップに一ぱいの海がある

＊

孤独こそ人間本来の姿とおもふ

竹久夢二
日記・昭和8年3月10日

＊

個となりきつて全となしたい

草野天平
白業の旅

＊

このかなしみを
ひとつに　統ぶる　力はないか

八木重吉
『かなしみ』

＊

この路は果なしと云ふいざ行きて
無き果見んとわれ思ひたつ

岡本かの子

＊

此の道をゆけ
此のおそろしい嵐の道を
はしれ
大きな力をふかぶかと
彼方に感じ
彼方をめがけ
わき目もふらず
ふりかへらず
邪魔するものは家でも木でもけちらして
あらしのやうに
そのあとのことなど問ふな
勇敢であれ
それでいい

山村暮鳥
『先駆者の詩』

＊

恋しさも悲しさもまたあきらめて
もつれし糸をしばしほぐすも

岡本かの子

*

こよひは
かの日　かの夜をおもふゆゑに　星がうれしい

八木重吉
無題（わたしは）

*

子を負ふて肩のかろさや天の川

竹下しづの女

*

子をおもふ憶良の歌や蓬餅

竹下しづの女

*

〔紺紙金泥写経〕
冥目やみてつゝましく
霙ふが如き寒月の
霜冴ゆる夜に凜として
金泥の筆くだししや

土井晩翠
紺紙《こんし》金泥《きんでい》写経《しゃきょう》

*

こんなに美しいときが　なぜこんなに短いのだらう

梶井基次郎
冬の日

*

今夜も星がふるやうな仏さまと寝ませう

尾崎放哉

*

草庵や秋立つ雨の聞き心

芥川龍之介

*

刺しつれば禍《まがつみ》の矢と思ひつれ
傷の口より薔薇流れ出づ

与謝野晶子

*

誘はれるでもなく
覓《もと》めるでもなく
私の心が燻《くすぶ》る

中原中也
冷たい夜

*

幸《さち》も　希望《のぞみ》も　やすらひも
海のあなたに往き消えつ
この世はあまりか広くて
をとめ心はありわびぬ

薄田泣菫
をとめごころ

*

さて　どちらへ行かう風がふく

種田山頭火

*

さびしい心は耳をすます

立原道造

風に寄せて ― その二

*

淋しさも煩《わずら》はしさもともなはぬ
恋はあらぬか恋はあらぬか

岡本かの子

*

さみしいなあ　ひとりは好きだけれど　ひとりになるとやつぱりさみしい　わがまゝな人間　わがまゝな私であるわい

種田山頭火
日記・昭和5年12月4日

*

叱られて
わつと泣き出す子供心
その心にもなりてみたきかな

石川啄木

*

静なり　ひとり坐れば

北原白秋
朝

*

しづかなる
にじのごとくに
かねがなる
こころのそら

八木重吉
『無題』（しづかなる）

*

閑《しづ》かなる
春や　この朝
我がこころ
こよなく遊ぶ

北原白秋
春

*

しつかりと
にぎつてゐた手を
ひらいてみた
ひらいてみたが
なんにも
なかつた

しつかりと
にぎらせたのも
さびしさである
それをまた
ひらかせたのも
さびしさである

山村暮鳥

『手』

＊

自分は可笑しくなつて笑つたり　怒つたりし乍ら
長い間かゝつて一つ道を歩いて行つた

千家元麿
格闘

＊

自分はのぼつてゆく
何処までもつゞく階段
黄金の階段
光は遠い
しかし光はそこに溢れてゐる

百田宗治
光

＊

自分一人気持ちをさつぱりすることにばかりかゝはつて　大切の精神を忘れてはいけない

宮沢賢治
ビジテリアン大祭

＊

自分をなくしてしまつて探して居る

尾崎放哉

＊

自分を踏みこえて行け

種田山頭火
「愚を守る」初版本　昭和16年8月刊

＊

赤光《しやくくわう》のなかの歩みはひそか夜の
細きかほそきこころにか似む

斉藤茂吉

＊

春月とうなづき合ひて笑ひけり

大谷句佛

＊

純粋の美しさは　いつも無意味で　無道徳だ

太宰治
女生徒

＊

巡礼のふる鈴はちんからころりと鳴りわたる一心に
縋りまつればの

北原白秋
巡礼

＊

知らざりし道の開けて
大空は今光なり
もろともにしばしたゝずみ
新しき眺めに入らむ

島崎藤村
めぐり逢ふ君やいくたび

＊

しらしらと涙のつたふ頰《ほ》をうつし
鏡はありぬ春の夕に

与謝野晶子

＊
知らない自らが欲しいのです
しられない「吾」が見たいのです

百田宗治
怠惰と来世

＊
しるべもなくて来た道に
道のほとりに　なにをならつて
私らは立ちつくすのであらう

立原道造
SONATINE No.1 ― 晩《おそ》き日の夕べに

＊
しろがねのかがよふ雪に見入りつつ
何を求めむとする心ぞも

斉藤茂吉

＊
真実心《シンジッシン》ユヱアヤマラレ
真実心ユヱタバカラル
シンジツ口惜シトオモヘドモ
シンジツ此ノ身ガ棄テラレズ

北原白秋
『自愛一篇』

＊
真実
ひとりなり
山あざやかに

山村暮鳥
雪近し

＊
雀のあたたかさを握るはなしてやる

十月

尾崎放哉

＊
捨てきれない荷物のおもさまへうしろ

種田山頭火

＊
すてばちの
となりにすむひとつのこころ
あるときは
あきらかにみへ
みゆるせつなは
かぎりもなくたふとし

八木重吉
『無題』（すてばちの）

＊
すべてさびしさと悲傷とを焚《た》いて
ひとは透明な軌道をすすむ

宮沢賢治
小岩井農場

＊
すべての才や力や材といふものは

ひとにとゞまるものでない

宮沢賢治
三八四　告別

＊

炭火に片手をかざしながら
わたしは独《ひとり》を楽しんでゐる

北原白秋
雪後の曇り

＊

ずゐぶん廻り道をしてやつて来た
しかしそれも又いいい

草野天平
無題（白木に）

＊

世界には前人の造つた大きな花束が一つあつた

芥川龍之介
独創

＊

咳をしても一人

尾崎放哉

＊

節分や心にひそむ鬼もなし

大谷句佛

＊

是でも非でも
出さないではゐられない足を出す

高村光太郎
牛

＊

洗濯　何もかも洗へ

種田山頭火
日記・昭和11年8月8日

＊

袖ひぢて秋の夕の多摩の水
掬《むす》べば君に逢ふ心地する

岡本かの子

＊

その日から
とまつたままで動かない
時計の針と悲みと

竹久夢二
『動かぬもの』

＊

空の光のさみしさは
薄らあかりのねこやなぎ
歩むこころのさみしさは
雪と瓦斯との薄あかり

北原白秋
薄あかり

＊

空のやうに　きれいになれるものなら
花のやうに　しづかに　なれるものなら
価なきものとして
これも　捨てよう　あれも　捨てよう

八木重吉

『無題』（空のように）

＊

空は青いと知つてます
雪は白いと知つてます
みんな見てます　知つてます
けれどもそれもうそか知ら

金子みすゞ
海とかもめ

＊

大福や心に笑ふはかりごと

大谷句佛

＊

高く高く高く高くと鵙《もず》が吾が

竹下しづの女

＊

竹の葉さやさや人恋しくて居る

尾崎放哉

＊

戦ふべき相手とこそ戦ひ度《た》い

梶井基次郎
橡の花

＊

佇むや小春の樹影移るまで

大谷句佛

＊

ただひとり　ひとりきり　何ものをもとめるとなく

立原道造

＊

たつたひと晩でお別れか

尾崎放哉

＊

たつた一人になり切つて夕空

尾崎放哉

＊

絶つべきの愛情は絶つ戸《と》鎌月《がまつき》

竹下しづの女

＊

立てる十字架
立てるは胸の上

山村暮鳥
鑿心抄

＊

たのしいことがすぎて行く　浮雲のやうに　みなは
ればれと

立原道造
ヴアカンス

＊

たのしきかな　われ少年のごとく恋し
たのしきかな　われ少年のごとく遠きに思ひを走《は》す

百田宗治
怠惰と来世

＊

たばこが消えて居る淋しさをなげすてる

尾崎放哉

＊

たはむれに母を背負ひて
そのあまり軽《かろ》きに泣きて
三歩あゆまず

石川啄木

＊

旅に出でこと新しく思はるる
山の重さも雲の軽さも

与謝野晶子

＊

たまくらに鬢《びん》の一すぢ切れし音《ね》を
小琴《をごと》とききし春の夜の夢

与謝野晶子

＊

誰か来さうな雪がちらほら

種田山頭火

＊

誰がほんとをいふでせう
わたしのことをわたしに

金子みすゞ
誰がほんとを

＊

誰が見ても
われをなつかしくなるごとき
長き手紙を書きたき夕《ゆふべ》

石川啄木

＊

垂れた頭をふりあげて高く見上げろ

其処に何がある
この大きな青空はどうだ

山村暮鳥
其処に何がある

＊

たんたらたらたんたらたらと
雨滴《あまだれ》が
痛むあたまにひびくかなしさ

石川啄木

＊

ちからのかぎり
そらいつぱいの
光でできたパイプオルガンを弾《ひ》くがいゝ

宮沢賢治
三八四　告別

＊

知性の夢を青々と方眼紙に組みたてた

高村光太郎
女医になつた少女

＊

乳啣《ふく》ます事にのみ我が春ぞ行く

竹下しづの女

＊

血の色の爪に浮くまで押へたる
我が三味線の意地強き音

岡本かの子

＊

血のにじむ唇をもてかへり来ぬ

強き別れのくちづけの後

岡本かの子

＊

小さく見られるのが癪だつたので解らないやうにち
よつと背伸びした

新美南吉
最後の胡弓弾き

＊

小さな希望は深夜の空気を清らかに顫はせた

梶井基次郎
ある心の風景

＊

月の夜《よ》ぶかに
空飛ぶものは
夢の影鳥《かげとり》
秋の声

北原白秋
『郷愁』

＊

つつましい妻
つつましいコスモスの葉
つつましい朝めし
つつましい二言《ふたこと》三言《みこと》

北原白秋
『朝めしの時』

＊

つまづく石でもあれば私はそこでころびたい

尾形亀之助
詩集「障子のある家」別題

＊

妻のぬふ産衣や秋の茜染め

芥川龍之介

＊

手にためし雪の融くるが
ここちよく
わが寝飽きたる心には沁む

石川啄木

＊

手套《てぶくろ》を脱ぐ手ふと休《や》む
何やらむ
こころかすめし思ひ出のあり

石川啄木

＊

天国には
もつといい桜があるだらう
もつといい雲雀がゐるだらう
もつといい朝があるだらう

八木重吉
『春（天国）』

＊

天国のことは神に任しておけ
私は地獄の火が燃えさかることを願ふ

種田山頭火

雑誌「層雲」大正5年5月号

＊

天然の気配に
おのづから随ひ
傾かずに
浅く
一歩
一歩
歩を移す

草野天平
独り行く

＊

天然の心ゆたかな無雑作さ

高村光太郎
落葉を浴びて立つ

＊

東海の小島の磯の白砂《しらすな》に
われ泣きぬれて
蟹とたはむる

石川啄木

＊

どうぞ　もう一度　帰つておくれ
青い雲のながれてゐた日
あの昼の星のちらついてゐた日

立原道造
夏花の歌 ― その二

＊

〔冬眠〕
ねむれよ　このもしく
夢も欲《ほ》らず
まどろめよ　土の室《むろ》
塗りとざして

北原白秋
冬眠

＊

得意の微笑のかげに渋面を隠してゐる

芥川龍之介
人生

＊

どこかへ行けば　きつといいことはある

立原道造
天の誘ひ

＊

どこにだつて私がゐるの
私のほかに　私がゐるの

金子みすゞ
私

＊

どてどてとてたてててたてた
たてとて
てれてれたとことこと
ららんぴぴぴぴ　ぴ

とつてんととのぷ
ん
んんんん　ん

てつれとぽんととぽれ

みみみ
ららら
らからからから
ごんとろとろろ

ぺろぺんとたるるて

尾形亀之助
『ある来訪者への接待』

＊

遠いこころへ心から
わたしの夢の通ひ路を
風は木をふく草をふく

竹久夢二
風の通路

＊

遠い日にあげた
花火の匂ひ
なつかしくにほふ

金子みすゞ
花火

＊

とほく
とほく
豆粒のやうなふるさとだのう

山村暮鳥
ふるさと

＊

泥のやうな　いのちが
やがて泥に帰するときを
まつてゐる

新美南吉
鯉

＊

汝がゆくて片蔭ありやなほも行くや

竹下しづの女

＊

流るる風に押され行き海に出る

尾崎放哉

＊

泣きながら
からだに刻んで行く勉強が
まもなくぐんぐん強い芽を噴《ふ》いて
どこまでのびるかわからない

宮沢賢治
一〇八二　無題（あすこの田はねえ）

＊

泣く声の聞え来る文に冴え返る　　大谷句佛

＊

夏まつりよき帯むすび舞姫に
似しやを思ふ日のうれしさよ　　与謝野晶子

＊

夏山に虹立ち消ゆる別れかな　　芥川龍之介

＊

何か　たのしくて　心は
陽気に　ざわめいてゐた　　立原道造
魂を鎮める歌

＊

何か求むる心海へ放つ　　尾崎放哉

＊

何事も思ふことなく
日一日
汽車のひびきに心まかせぬ　　石川啄木

＊

何物か形を得むとみつめたる
この白紙に涙こぼれぬ　　岡本かの子

＊

何を待つ日に日に落葉ふかうなる　　種田山頭火

＊

何を求める風の中ゆく　　種田山頭火

＊

なまめきて散るかと思ふ春の雪
われのやうなるたなごころより　　与謝野晶子

＊

涙といふやつは　まことにとめどなく出るものだね　　新美南吉
花のき村と盗人たち

＊

浪のまにまに
美しく軽く生きとほせるやうな感じがした　　太宰治
女生徒

＊

奈落までともに落ちにき天上に
翅《はね》ならぶると異らねども　　与謝野晶子

＊

何と云はれても
わたくしはひかる水玉　　宮沢賢治
一〇五四　無題（何と云はれても）

＊

何となく
今年はよい事あるごとし

元日の朝　晴れて風無し

石川啄木

*

なんにも訪《おとな》ふことのない
私の心は閑寂だ

中原中也
閑寂

*

二月の雨のなんとなく春めき出して心こそばゆき

木下杢太郎
よるよるは ― たかのつめ

*

にこにこ
遊びたくなつた
ひとつ　花をください
もつて　あそぶんです

八木重吉
『花』

*

二重人格に消《に》し吾れがふと蚊屋に居し

竹下しづの女

*

人間ならば恥ぢて下さい

太宰治
貨幣

*

人間の強さに立て
恥辱《はじ》を知れ
そして倒れる時がきたらば
ほほゑんでたふれろ

山村暮鳥
人間の勝利

*

人間よりも蝶になりたい

芥川龍之介
或自警団員の言葉

*

ねたましげにもなくものほしげにもなく
さげすみのかげもなくてこの風景のやうにさやかに

八木重吉
無題（ものおちついたふゆのまち）

*

寝床まで月を入れ寝るとする

種田山頭火

*

眠りのなかで迷はぬやうに　僕よ
眠りにすぢをつけ　小径を　だれと行かう

立原道造
Ⅲ 一日は……

*

眠れ　眠れ　しづかに眠れ

息をかぞへて
夢をかぞへて
きらきら光る朝まで
立原道造
子守唄

＊

眠れる人々の上に天使が舞ひ下りて　休みもせず
舞ひつ踊りつ煩さい位耳を離れず　幸福な歌をうた
ふ
千家元麿
車の音

＊

閨《ねや》を吹く妙高おろしはげしけれ
恋も恨もこれに譲らん
与謝野晶子

＊

農家の小さい時計は
花や夢の中の　虫や木の葉や大気の中の一人の愛ら
しい音楽指揮者《コンダクター》になりすましてゐる
佐藤惣之助
時計

＊

生えて伸びて咲いてゐる幸福
種田山頭火

＊

馬鹿らしさを敢て行ふところに　悧巧でない私の存
在理由がある
種田山頭火

＊

白隠と溶け合ふ小春ごころかな
大谷句佛
日記・昭和5年10月1日

＊

八月の金と緑の微風のなかで
眼に沁みる爽やかな麦藁帽子は
黄いろな　淡い　花々のやうだ
甘いにほひと光とに満ちて
それらの花が　咲きそろふとき
蝶よりも　小鳥らよりも
もつと優しい愛の心が挨拶する
立原道造
『麦藁帽子』

＊

初空や法身の弥陀に合掌す
大谷句佛

＊

初御扉《はつみとう》慈顔尊し今朝の春
大谷句佛

＊

花曇り捨てて悔なき古恋や
芥川龍之介

＊

花束ノヤウナ心ヲ抱イテ立ツテキル
新美南吉
合唱

＊

原へねころがり
何んにもない空を見てゐた
八木重吉
『春』

＊

春がくるときのよろこびは
あらゆるひとのいのちをふきならす笛のひびきのやうだ
萩原朔太郎
春の感情

＊

春風と来て春風といつてしまふ
新美南吉
春風

＊

杳《はるけ》きこと
おもふがうれしさ
夜は
蛍さへ
ともし
新美南吉
初夏

＊

春三月柱《みつきぢ》おかぬ琴に音立てぬ
触れしそぞろの我が乱れ髪
与謝野晶子

＊

春惜しむ心も映せ立鏡
大谷句佛

＊

晴れし空仰《あふ》げばいつも
口笛を吹きたくなりて
吹きてあそびき
石川啄木

＊

晴れやかに薄氷《うすらひ》ふめば早春の
香をたてにけり我くろかみも
岡本かの子

＊

光は闇の奥から来る
種田山頭火
雑誌「層雲」大正5年6月号

＊

ひしと包む破れ帷子に不壊の信
大谷句佛

＊

ひそひそ聞える
なんだか聞える
太宰治
鷗

＊

ひたすらに這ふ子おもふや笹ちまき
芥川龍之介

＊

人がみな
同じ方角に向いて行く

それを横より見てゐる心

石川啄木

＊

ひとすぢのこころとなり
へへののもへじとかいた

八木重吉
へへののもへじ

＊

人住むところ行くところ
嘆と死とのあるところ
歌と楽《がく》とのあるところ
涙　悲み　憂きなやみ
笑　喜び　たのしみと
互に移りゆくところ

土井晩翠
暮鐘

＊

人に信用されるといふのは　何といふうれしいこと
でありませう

新美南吉
花のき村と盗人たち

＊

人の世の不思議な理法がなほ知りたい
人の世の体温呼吸になほ触れたい

高村光太郎
女医になつた少女

＊

人は孤独となり得ず
見えざる鎖われらを繋ぎ
かたちなきものわれらのうちにありて　われらを等
しく呼吸せしむ

百田宗治
人は孤独となり得ず

＊

人は光りのなかにゐる
神も光りのなかにゐる

新美南吉
光

＊

ひとひらの薄かる紙の裏にだに
物ひそむやと疑はれぬる

岡本かの子

＊

ひとり考へるための椅子はどこにあるのか

伊東静雄
都会の慰め

＊

独り言ぐらい真剣な言葉があらうか

八木重吉
『無題』（独り言ぐらい）

＊

孤り棲む埋火《うづみび》の美のきはまれり

竹下しづの女

＊

人をそしる心をすて豆の皮むく

尾崎放哉

＊

ひにくなこころと
いかれるこころと
ふたつとかして
ただうつくしく
しづかにながれたい

八木重吉
『無題』（ひにくなこころと）

＊

火の如く人をば恋ふる身なれども
やはらかにねぬ佐久の草床《くさどこ》

岡本かの子

＊

火の中のきはめて熱き火の一つ
枕にするがごとく頬《ほ》もえぬ

与謝野晶子

＊

白蠟《びやくらふ》のほそき焔と
わがこころ　今し　靡《なび》かひ
ふと花の色にゆらめく

蒲原有明
秋の歌

＊

ひらがなの文字美し星のうた

竹下しづの女

＊

風鈴の乱れ心をさわぐなり

大谷句佛

＊

ふかい年月のあひだ僕のこころに
るゐるゐとしてかくれてゐた美しいものが
今こんなにも明るい地球の春の朝紅《あさやけ》となつて
宝玉をふくんだともし火のやうに
かくかくと僕の眼にうかんで来たのか

佐藤惣之助
めぐりあひ

＊

不覚にも我は立つなりとこしへに
開かずと云ふ黒き扉《と》の前

岡本かの子

＊

ふしぎにさびしい宇宙のはてを
ふはりふはりと昇つて行かうよ

萩原朔太郎
風船乗りの夢

＊

藤棚から青空透かして一日居る

尾崎放哉

＊

懐手をして歩くのは
やめることにしよう
寒くともはつきりと手を出して

天上の威儀に従つて

草野天平
無題（これからは）

＊

ふところの焼芋のあたたかさである

尾崎放哉

＊

ふと沁みし葱の香に誘はれて
迫れる涙ひたにあふるゝ

岡本かの子

＊

ふりかへらない道をいそぐ

種田山頭火

＊

古いものはむくりむくりと新しいものに生れかはつ
て　はじめて活動するのだ

新美南吉
ごんごろ鐘

＊

ふる郷の小鳥啼く一木撫でてみる

種田山頭火

＊

ふるさとの訛なつかし
停車場の人ごみの中に
そを聴きにゆく

石川啄木

＊

触るるものみなすこやかに容《い》れつべく
心調へり朝の一時

岡本かの子

＊

分相応よりも少し内輪なくらゐに始めるのがいいの
だ

高村光太郎
開墾

＊

憤怒こそ愛の極点

太宰治
創生記

＊

へうへうとして水を味ふ

種田山頭火

＊

ペンが生む字句が悲しと蛾が挑む

竹下しづの女

＊

ほがらかとは　恐らくは
悲しい時には悲しいだけ
悲しんでられることでせう

中原中也
酒場にて

＊

ぼくたちこゝで天上よりももつといゝとこをこさえ
なけあいけない

宮沢賢治
銀河鉄道の夜

＊

僕の前に道はない

僕の後ろに道は出来る

高村光太郎
道程

＊

ぼくはおつかさんが　ほんたうに幸になるなら　どんなことでもする　けれども　いつたいどんなことが　おつかさんのいちばんの幸なんだらう

宮沢賢治
銀河鉄道の夜

＊

僕は感じまい　別れてしまつたといふ事を

佐藤惣之助
断想

＊

僕は　しやべるやうに書きたい　書くやうにしやべりたい

芥川龍之介
僕らの散文

＊

僕はそこここの植物の魔法のやうな色どりに
気の弱いうすい情熱をひそめて行かう

佐藤惣之助
寂寞

＊

ぼくはそのひとのさひはひのためにいつたいどうしたらいゝのだらう

宮沢賢治
銀河鉄道の夜

＊

僕はたのしい故もなしに僕はたのしい

立原道造
日課

＊

僕は手帖をよみかへす　またあたらしく忘れるために

立原道造
旅装

＊

僕は別な空気をすふ
別な力を感ずる
僕自身はもう草だ
新しい発生だ
突きあたりつきあたり
そして突き破り
吾等の行く先きの魂をつかみたい
途徹《とてつ》もない世界の果に
真実な産声をあげて
底力のある目玉をでんぐりかへしたい

福士幸次郎
『発生』

＊

僕はもうあのさそりのやうにほんたうにみんなの幸
のためならば僕のからだなんか百ぺん灼《や》いてもかま
はない

宮沢賢治
銀河鉄道の夜

＊

ぽくぽく
ぽくぽく
まりを　ついてると
にがい　にがい　いままでのことが
ぽく　ぽく
ぽく　ぽく
むすびめが　ほぐされて
花がさいたやうにみえてくる

八木重吉
鞠とぶりきの独楽

＊

僕等の独創と呼ぶものは僅《わづ》かに前人の蹤《あと》を脱したの
に過ぎない

芥川龍之介
独創

＊

僕等は皆世界と云ふ箱船に乗つた人間獣の一群であ
る

芥川龍之介
模倣

＊

ほころびた靴下をつくろふやうに
ほころびた心をつくろつて下さつた
母がゐないのが寂しいのです

竹久夢二
靴下

＊

菩薩は麦を摂つて
動かず
一切に
関心す

草野天平
『白経の意』

＊

星よ
私はいま汝に語りかけようとする言葉で一杯だ

百田宗治
地上の言葉

＊

ほそい清らかな銀糸のように
ひと筋私の心を縫う

伊東静雄
露骨な生活の間を

＊

ほそほそとこほろぎ鳴くに壁にもたれ

膝に手を組む秋の夜かも
斉藤茂吉

＊

ほそぼそと
其処《そこ》ら此処《ここ》らに虫の鳴く
昼の野に来て読む手紙かな
石川啄木

＊

ほとばしる喞筒《ポンプ》の水の
心地よさよ
しばしは若きこころもて見る
石川啄木

＊

ほろにがさもふるさとの蕗のとう
種田山頭火

＊

亡びてしまつたのは
僕の心であつたらうか
亡びてしまつたのは
僕の夢であつたらうか
中原中也
昏睡

＊

ほんたうにあなたのほしいものは一体何ですか
宮沢賢治
銀河鉄道の夜

＊

ほんたうにこんなやうな蝎《さそり》だの勇士だのそらにぎつしり居るだらうか　あゝぼくはその中をどこまでも歩いて見たい
宮沢賢治
銀河鉄道の夜

＊

ほんたうに私は　どれが本当の自分だかわからない
太宰治
女生徒

＊

本来の愚に帰れ　そしてその愚を守れ
種田山頭火
雑誌「三八九」第一集・昭和6年2月2日発行

＊

妄想と罪悪と
すべてすべて真黄色だ
心臓をつかんで投げ出したい
北原白秋
新生

＊

まつすぐな道でさみしい
種田山頭火

＊

待つでも待たぬでもない雑草の月あかり
種田山頭火

松の芽立ちに
手は触れて
生きむとこそは
思ひしか

新美南吉
三年前のノートから

*

窓からは好きな青空が誘ふやうに光つてゐた
小供をつれて原つぱへ行かう

千家元麿
葉書

*

真裸《まはだか》の快《こころよ》さ　人目に触れぬ嬉しさに窃《そ》とほゝゑむ

永井荷風
正午

*

短夜や乳《ち》ぜり啼《な》く児を須可捨焉乎《すてっちまをか》

竹下しづの女

*

道といふものは
かうも淡々として
清く又厳しいものか

草野天平
無題（道といふものは）

*

道なかばにして　道を失ひしとき
ふるさと　とほく　あらはれぬ

立原道造
南国の空青けれど

*

道はけつしてとまらない
道はけつして迷はない
そしてどこかへいつちまふ
どこかへ道はいつちまふ

新美南吉
道

*

路は続いてゐる
私は歩いてゐる

草野天平
武蔵野を歩いて

*

惨《みぢめ》にも捨てられにけり我もまた
この惨《みぢめ》なるわれを捨てなむ

岡本かの子

*

みづが
ひとつのみちをみいでて
河となつてながれてゆくやうに
わたしの　このこころも
じざいなるみちをみいでて

うつくしくながれてゆきたい　八木重吉
『無題』（みづが）

*

自らの重みを　ささへるきりの
私は一本の石の柱だ　立原道造
石柱の歌

*

みづのこころに　うかびしは
かぢもなき　銀の　小舟《をぶね》　八木重吉
おほぞらの　水

*

水の流れるやうに生きたい　種田山頭火
日記・昭和15年3月7日

*

水の流れるやうに　雲の行くやうに　咲いて枯れる
雑草のやうに　種田山頭火
日記・昭和12年8月1日より始まる其中日記十の前文

*

みなし児の心のごとし立ちのぼる
白雲の中に行かむとおもふ　斉藤茂吉

*

水底の魚のやうに自己にひそんでゐた　種田山頭火
日記・昭和12年1月25日

*

身のなかば焔に巻かれ寂光《じやくくわう》の
世界を見るも恋の不思議ぞ　与謝野晶子

*

御胸《みむね》にと心はおきぬ運命の
何すと更におそれぬきはに　与謝野晶子

*

むかし
神さまは
にここにこしながら色をおぬりなされた　八木重吉
鞠とぶりきの独楽

*

無限の未来後にひき
無限の過去を前に見て
我いまこゝに惑《まどひ》あり
はたいまこゝに望みあり　土井晩翠
暮鐘

*

胸いつぱいのかなしみに似た新らしい気持ちを　何
気なくちがつた語《ことば》で　そつと談《はな》し合つた　宮沢賢治
銀河鉄道の夜

＊

胸にゐる
擽《くすぐ》つたい僕のこほろぎよ
冬が来たのに　まだ
おまへは翅を震はす

立原道造
『胸にゐる』

＊

胸の中には　拳骨《げんこつ》のやうに固い決心があつた

新美南吉
牛をつないだ椿の木

＊

胸深くひそかに秘めし悲みを
静かに秋の風の訪《と》ひ寄る

岡本かの子

＊

むらさきの蝶《てふ》夜の夢に飛びかひぬ
ふるさとにちる藤の見えけん

与謝野晶子

＊

無量億の天女は鳴を沈め
空は真青

草野天平
『夜叉』

＊

冥福の　多かれかしと
神にはも　祈らせ給へ

中原中也
道化の臨終（Etude Dadaistique）

＊

眼閉づれど
心にうかぶ何もなし
さびしくも　また　眼をあけるかな

石川啄木

＊

目を閉ぢよ　目を閉ぢなければほんとうに観ること
は出来ない

種田山頭火
雑誌「層雲」大正4年6月号

＊

もう僕を信ずるな
僕の言ふことをひとことも信ずるな

太宰治
道化の華

＊

もくもくと
雲のやうに
ふるへてゐたい

八木重吉
『雲』

＊

もしもお空が硝子だつたら
私も神さまが見られませうに

金子みすゞ

山と空

*

もしも泪がこぼれるやうに
こんな笑ひがこぼれたら
どんなに　どんなに　きれいでせう

金子みすゞ
わらひ

*

もしも私が男の子なら
世界の海をお家にしてる
あの　海賊になりたいの

金子みすゞ
男の子なら

*

物思ふ口には笑ふ秋の風

大谷句佛

*

陽気で　坦々として　而《しか》も己を売らないことをと
わが魂の願ふことであつた

中原中也
寒い夜の自我像

*

やがて来るべき新らしい時代のために
わらつておのおの十字架を負ふ

宮沢賢治
浮世絵展覧会印象

*

灼ける熱情となつて
自分をきたへよ
ためらつて　夕ぐれに
青い水のほとりにたたずむな

立原道造
灼ける熱情となつて

*

やさしい祈の心にかへて
しづかに往来を掃いてゐた

高村光太郎
小娘

*

休みなされ
放胆になりなされ
大きい声して歌ひなされ

中原中也
無題（休みなされ）

*

やはらかに積れる雪に
熱《ほ》てる頬《ほ》を埋むるごとき
恋してみたし

石川啄木

*

山あれば山を観る
雨の日は雨を聴く
春夏秋冬

あしたもよろし
ゆふべもよろし

種田山頭火

＊

山近き家に過ごしし一日の
黙せし故の心豊かさ

中原中也

＊

やまにはやまのしんねん
ひとにはひとのりんくわく

山村暮鳥
鑿心抄

＊

闇と光りの美くしさ
雨よ降れ　火よ燃えよ
光りを生む為め永劫に衰へるな

千家元麿
闇と光

＊

雪が降るとこのわたくしには　人生が
かなしくもうつくしいものに
憂愁にみちたものに　思へるのであつた

中原中也
雪の賦

＊

行き行きて大地の中へ沈み行く
寂しさ覚ゆ虫の音聞けば

与謝野晶子

＊

雪ん中へあげる
花火がほしいな

金子みすゞ
花火

＊

行春の今道心を宿しけり

尾崎放哉

＊

ゆく水の心ひとはしらなく
わが心きみしらなくに

ゆく水は水　君は君

竹久夢二
『ゆく水』

＊

夕ぐれの川べに立ちて落ちたぎつ
流るる水におもひ入りたり

斉藤茂吉

＊

ゆふさりてランプともせばひと時は
心静《こころしづ》まりて何もせず居り

斉藤茂吉

＊

夕鳥の影を見れば
なぜか心のみだるる

木下杢太郎
両国

＊

夕やけ
小やけ
赤い草履《ぞんぞ》
飛ばそ

金子みすゞ
うらなひ

＊

ゆふ焼をあび
手をふり
手をふり
胸にはちさい夢をとぼし
手をにぎりあはせてふりながら
このゆふやけをあびてゐたいよ

八木重吉
『夕焼』

＊

夢こそひかり　ひまなく
まぼろしうごく

蒲原有明
束の間なりき

＊

夢といふものは香料のやうに微粒的

高村光太郎
噴霧的な夢

＊

夢は夢なれ　忽《たちまち》に滅《き》えてこそゆけ

蒲原有明
途上

＊

夢みたものは　ひとつの愛
ねがつたものは　ひとつの幸福
それらはすべてここに　ある

立原道造
X　夢みたものは……

＊

用もなき文など長く書きさして
ふと人こひし
街に出てゆく

石川啄木

＊

善くなつたのか
悪くなつたのか
道は音もなく
遙かに遠い

草野天平
比叡山記・一九五〇年十月十八日

＊

よごれたる手を見る
ちやうど
この頃の自分の心に対《むか》ふがごとし

石川啄木

＊

汚れつちまつた悲しみは
小雪のかかつてちぢこまる

中原中也
汚れつちまつた悲しみに…

＊

世の中が開けるといふことはどういふつまらぬこと
だらう

新美南吉
最後の胡弓弾き

＊

世の中の明るさのみを吸ふごとき
黒き瞳の
今も目にあり

石川啄木

＊

よのなかのひとがみいんな
ひとつの家にすまへたらいいのに

八木重吉
無題（よのなかのひとがみいんな）

＊

世の中は理屈どほりにやいかねえよ　いろいろ不思
議なことがあるもんさ

新美南吉
和太郎さんと牛

＊

よびかけられてふりかへつたが落葉林

種田山頭火

＊

よひやみの
いづこにか　赤い花火があがるよの
音はすれども　そのゆめは
見えぬこころにくづるる

北原白秋
紫陽花

＊

蓬摘む古址の詩を恋ひ人を恋ひ

竹下しづの女

＊

弱い心を　投げあげろ
噛みすてた青くさい核《たね》を放るやうに
ゆさぶれ　ゆさぶれ

立原道造
SONATINE No.1 ― わかれる昼に

＊

よんだらやぶく手紙です
でも
やぶきたくない手紙です

竹久夢二
手紙

＊

両手をどんなに
大きく大きく
ひろげても
かかへきれないこの気持

林檎が一つ
日あたりにころがつてゐる

山村暮鳥
『りんご』

＊

緑蔭や矢を獲ては鳴る白き的

竹下しづの女

＊

留守居して一人し居れば青光る
蠅のあゆみをおもひ無《な》に見し

斉藤茂吉

＊

王様の新らしいご命令　すべてあらゆるいきものは
みんな気のいゝ　かあいさうなものである　けつし
て憎んではならん

宮沢賢治
カイロ団長

＊

わがあいするもの
やがてきゆ
われもまた
じざいなり

八木重吉
『無題』（花をみて）

＊

吾が皓歯颱風の眼をカツと噛む

竹下しづの女

＊

わがこころ
そこの　そこより
わらひたき

八木重吉
秋の　かなしみ

＊

わが心たからの櫃《ひつ》にをさめたる
ものと偽るはふらかしつつ

与謝野晶子

＊

わが心　なにゆゑに　なにゆゑにかくは羞ぢらふ

中原中也
含羞《はぢらひ》

＊

我心またかく閉ぢてしばし寝む
などおもひつつ夜の窓を閉づ

岡本かの子

＊

わがこころを野ざらしにする
わが身を野ざらしにする
ふくかぜの
吹きさらすままにする
ふるあめの
ふりゆくままにする
わが心　野ざらしにする

百田宗治

我が旅の寂しきこともいにしへも
われは云はねど踏む雪の泣く

『野ざらし』　与謝野晶子

＊

わかつてますよ　僕にはそのつまらないところが尊《たつと》いんです

宮沢賢治　シグナルとシグナレス

＊

若やかに心ぞ冴ゆれ新らしき
木の香の家に春を迎へて

岡本かの子

＊

別れきてつくつくぼうし

種田山頭火

＊

忘れたり
思ひ出したり
思ひつめたり
思ひ捨てたり

竹久夢二　『あけくれ』

＊

私が触れたのはその真珠いろの体温呼吸だ

高村光太郎

＊

私さへ信じない一篇の詩が
私の唇にのぼつて来る

女医になつた少女　伊東静雄

＊

私達の愛を愛といつてしまふのは止さう
も少し修道的で　も少し自由だ

鷲　高村光太郎　冬が来る

＊

私たちの内の
誘はるる清らかさを私は信ずる

伊東静雄　わがひとに与ふる哀歌

＊

私たちの　心は　あたたかだつた
山は　優しく　陽にてらされてゐた
希望と夢と　小鳥と花と　私たちの友だちだつた

立原道造　草に寝て……

＊

私達はすつかり黙つてもう一度雨をきかうと耳をすましました

高村光太郎

夜の二人

*

私の行けないあのあたりで
まだもつと向うに何かがある

立原道造
北

*

わたしのいぢらしい心臓は　お前の手や胸にかじか
まる子供のやうだ

萩原朔太郎
薄暮の部屋

*

私の心は山を登る
そして
私の心は少しの重みをもつて私について来る

尾形亀之助
私　私はそのとき朝の紅茶を飲んでゐた

*

わたしの魂よ　躊躇《ためら》はずに答へるがよい　お前の決
心

伊東静雄
決心

*

私の瞳は　汚れてなかつた

太宰治

*

わたしの　まちがひだつた
かうして　草にすわれば　それがわかる

八木重吉
草に　すわる

*

私の前には一筋の白い路がある
果てしなく続く一筋の白い路が

種田山頭火
雑誌「層雲」大正6年1月号

*

わたしは　喘ぎ乍らも　まつしぐらに　ゆく

八木重吉
キーツに捧ぐ

*

私は歩いた　歩きつづけた　歩きたかつたから　い
や歩かなければならなかつたから　いやいや歩かず
にはゐられなかつたから　歩いたのである

種田山頭火
雑誌「春菜」層雲二百五十号記念集　昭和7年5月

*

私はいつまでもうたつてゐてあげよう

ともし火のやうに
風のやうに　星のやうに

立原道造
Ⅳ　眠りの誘ひ

＊

私は今こそ激しく生きねばならぬ

立原道造
逝く昼の歌

＊

私はいまね　小鳥なの

金子みすゞ
光の籠

＊

わたしは草と花で
一つの川をかいた
わたしは星と花火で
海と港をかいた

佐藤惣之助
『序一』

＊

私は子供で
ちひさいけれど
ちひさい私の
こころは大きい

金子みすゞ
こころ

＊

私は自分のゆく道の開路者《ピオニエエ》です

高村光太郎
人類の泉

＊

私は好きになりたいな
何でもかんでもみいんな

金子みすゞ
みんなを好きに

＊

わたしは世界に二つとない大自然の時計になつて見
たい

佐藤惣之助
時計

＊

私は空ほどに大きく眼を開いてみたい

尾形亀之助
春

＊

わたしは
玉に　ならうかしら
わたしには
何《なん》にも　玉にすることはできまいゆゑ

八木重吉
『玉』

＊

私は
現実の私自身を見失ふのを楽しんだ

梶井基次郎
檸檬

＊

私は
とぎれた夢の前に立ちどまつてゐる

尾形亀之助
とぎれた夢の前に立ちどまる

＊

私は不思議でたまらない
誰にきいても笑つてて
あたりまへだ　といふことが

金子みすゞ
不思議

＊

わたしはみた
そこに
すばらしい大きな日を
からりとはれた
すべてがちからにみちみちた
あたらしい一日のはじめを

山村暮鳥
朝

＊

私はもう　嘘をつく心には倦《あ》きはてた

中原中也
嘘つきに

＊

私は私の運命そのままの四囲のなかに歩いてゐる

梶井基次郎
冬の蝿

＊

私もしましよ
さよならしましよ
けふの私に
さよならしましよ

金子みすゞ
さよなら

＊

私もゆつくり歩いて行かうと思ふ

伊東静雄
路上

＊

わたしよ　わたしよ
白鳥となり
らんらんと　透きとほつて
おほぞらを　かけり
おほぞらの　うるはしい　こころにながれよう

八木重吉

『おほぞらのこころ』

＊

笑はれて　笑はれて　つよくなる

太宰治
HUMAN LOST

＊

笑へば泣くやうに見える顔よりほかなかつた

尾崎放哉

＊

藁屋根にぺんぺん草が生え
ごらんよ　貨幣《コイン》ほどの一つ星

さう、神様は忘れません
御自分の創られた傑作の上に
かうして目印をおくことを

新美南吉
幸福〈B〉

＊

われ語らず　われ思はず
われたゞ限りなき愛
魂の底に湧出《わきいづ》るを覚ゆべし

永井荷風
そゞろあるき

＊

われ　けふも　みなみにゆく電車に
わが　おもひのせてやりつれど
その　おもひ　どゞきたりや
葉書のごとくとゞきたりや

新美南吉
春の電車

＊

われと燃え情火環《じやうくわたまき》に身を捲《ま》きぬ
心はいづら行方知らずも

与謝野晶子

＊

われの心の幼なくて
われの心に怒りあり

中原中也
春の雨

＊

我れの持たざるものは一切なり

萩原朔太郎
虚無の鴉

＊

われはいづちゆかむ
わが魂の帰るかたありや

新美南吉
逝く春の賦

＊

我れは何物をも喪失せず
また一切を失ひ尽せり

萩原朔太郎
乃木坂倶楽部

＊

我々は我々自身さへ知らない

芥川龍之介
知徳合一

＊

をさない日は
水が　もの云う日

木が　そだてば
そだつひびきが　きこゆる日

八木重吉
『幼い日』

＊

IV　さまざまな命と

愛する人、愛されたい人、この世に存在する動物や虫、それらにまつわる心。
人や生き物が登場するものを集めました。

子供よ　ここへお坐り　お前はさつき
石を持つて喧嘩をしてみたね　さういふ
ことではいけない　石をお捨て　人は少しでも
自分と違ふ力をかりてはいけない

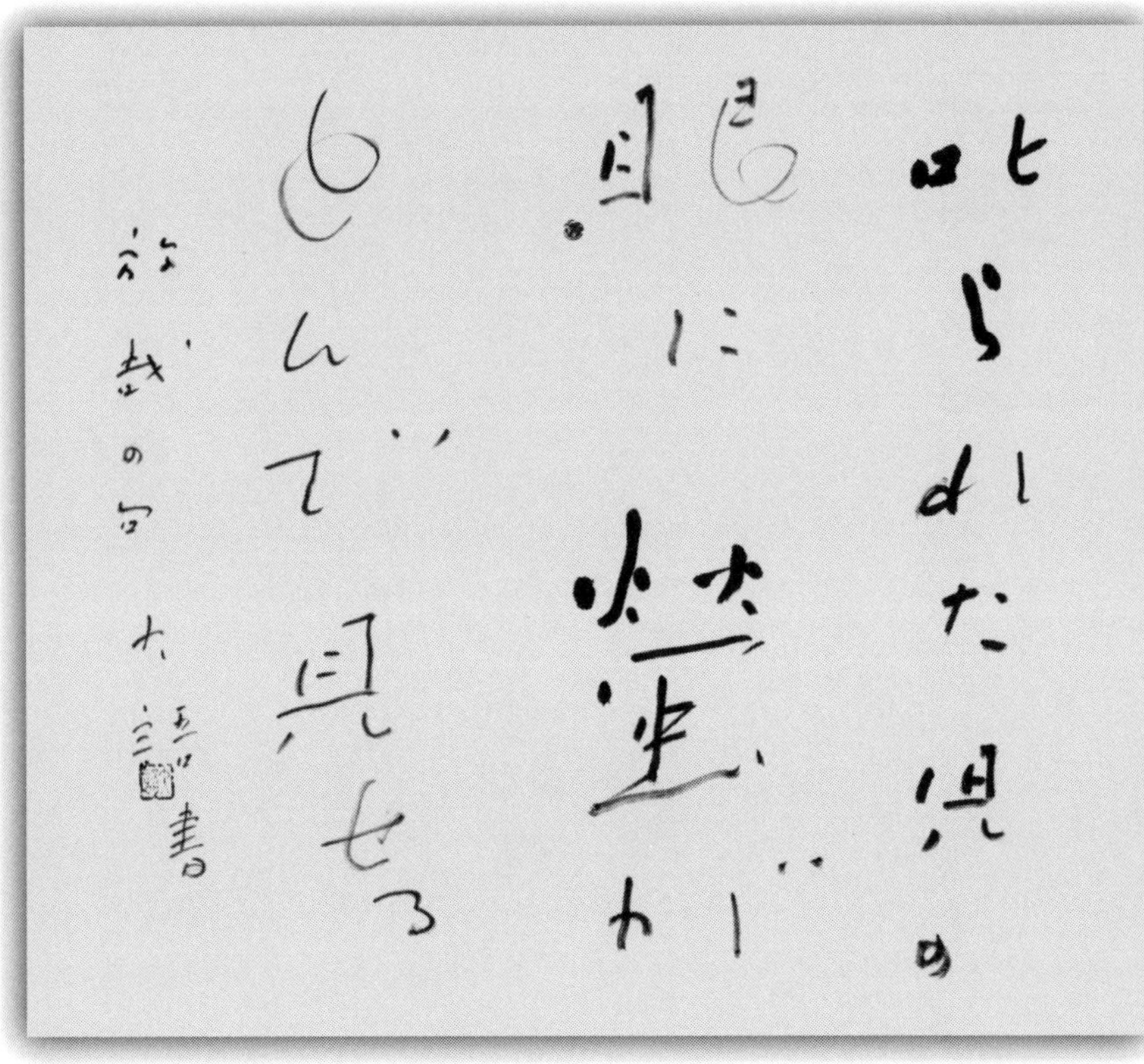

尾崎放哉

叱られた児の眼に蛍がとんで見せる　（本文 133 頁）

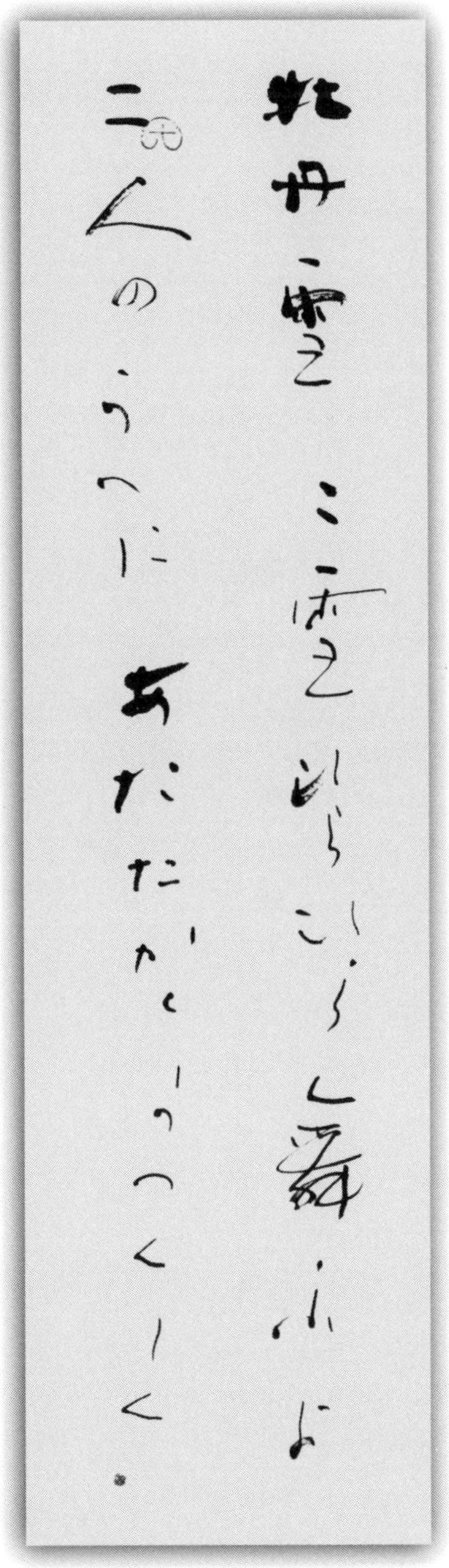

金子みすゞ
牡丹雪　こ雪　ひらひら舞ふよ
二人のうえに　あたたかく　うつくしく（本文141頁）

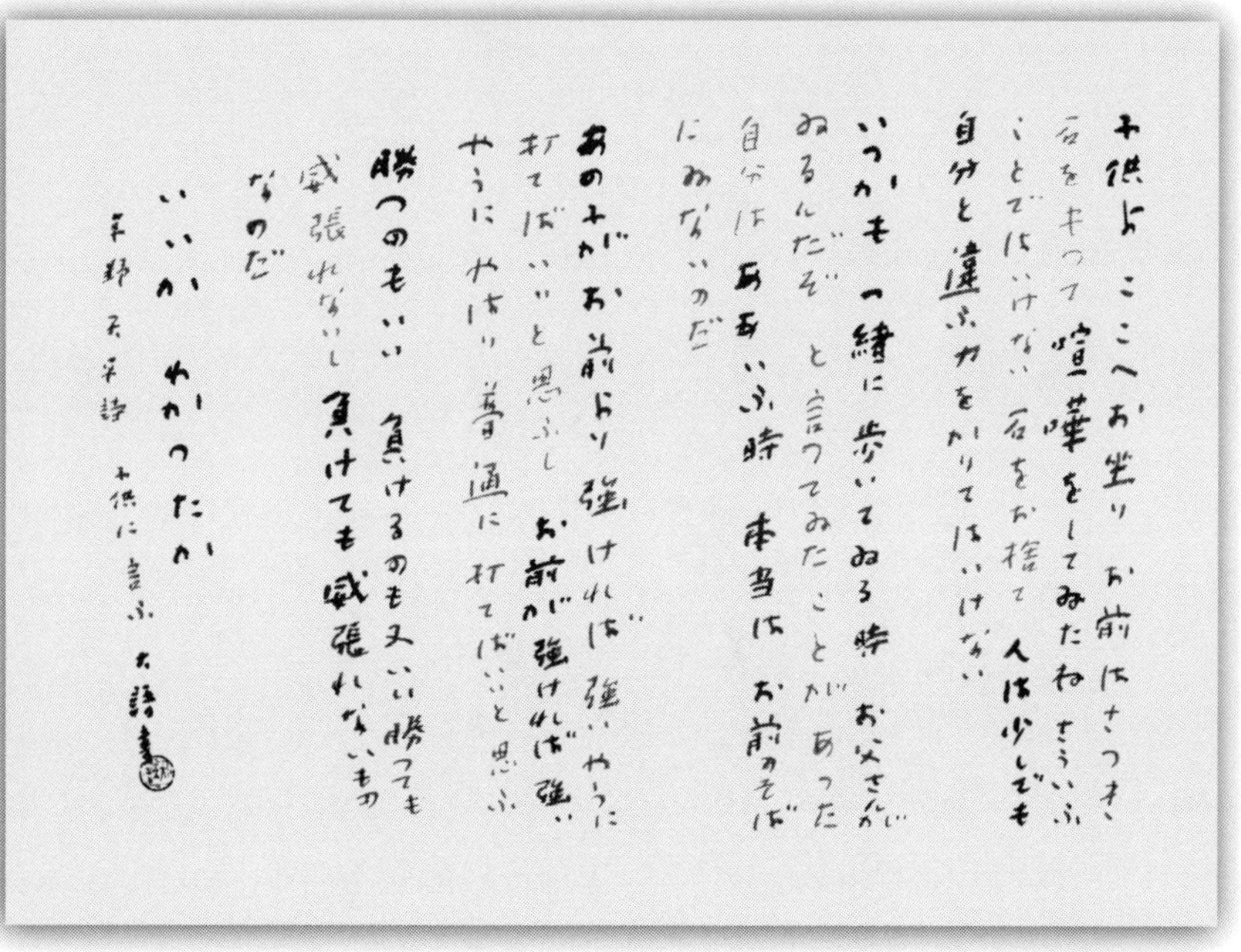
子供よ ここへお坐り お前はさつき
石をもつて喧嘩をしてゐたね さういふ
ことではいけない 石をお捨て 人は少しでも
自分と違ふ力をかりてはいけない
いつかも一緒に歩いてゐる時 お父さんが
ゐるんだぞ と言つてゐたことがあつた
自分はああいふ時 本当は お前のそば
にゐないのだ
あの子がお前より強ければ強いやうに
打てばいいと思ふし お前が強ければ強い
やうにやはり普通に打てばいいと思ふ
勝つのもいい 負けるのも又いい 勝つても
威張れないし 負けても威張れないもの
なのだ
いいか わかつたか
草野天平詩 子供に言ふ 大詩書

草野天平

子供よ ここへお坐り

お前はさつき石をもつて喧嘩をしてゐたね

さういふことではいけない・・・（本文 131 頁）

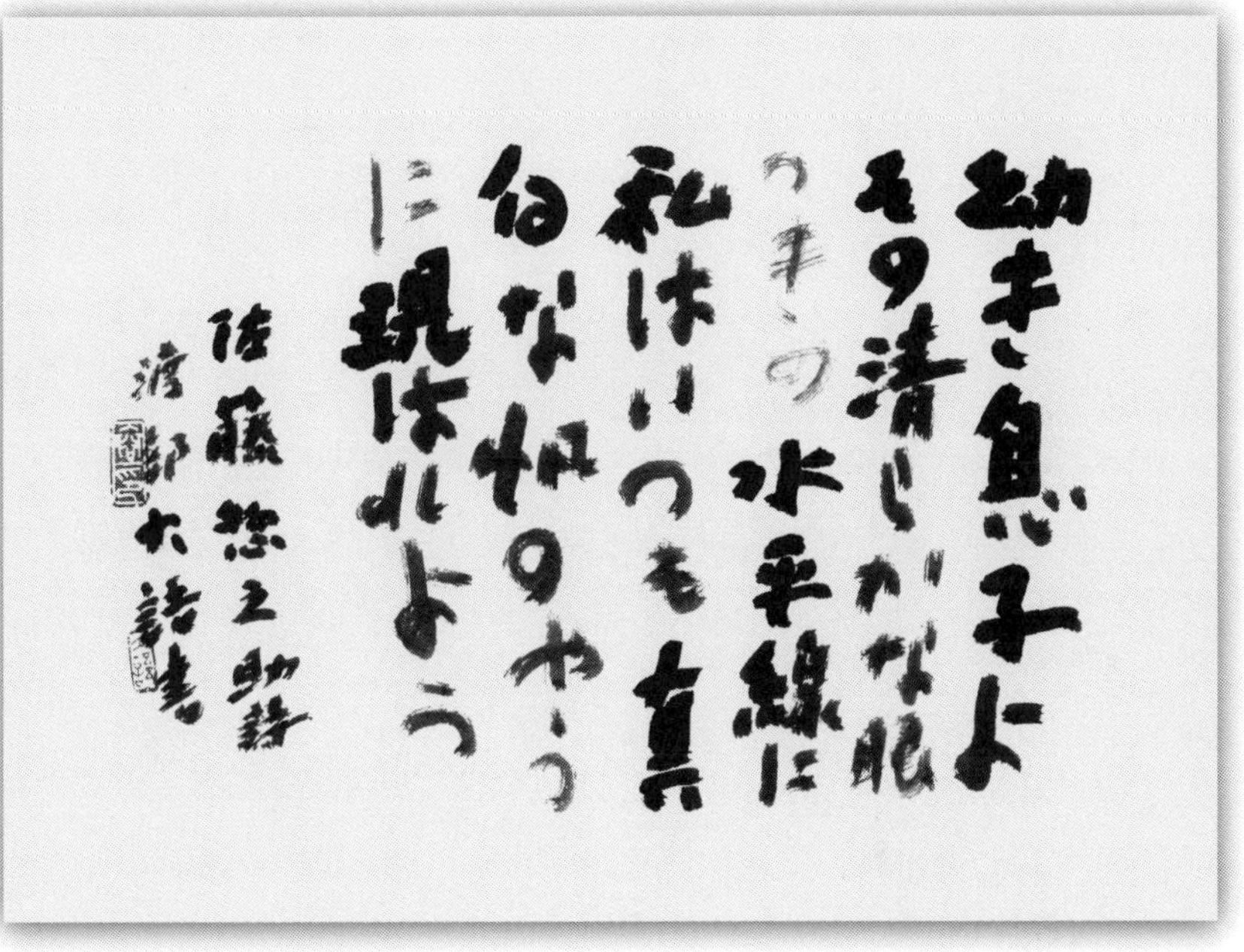

佐藤惣之助
幼き息子よ　その清らかな眼つきの水平線に
私はいつも真白な帆のやうに現はれよう　（本文 145 頁）

ああ　おぢいさまや
おばあどのや

春はどうにものびやかでの
老木《おいき》の藤の花房までが
揺れてゐたといの

北原白秋
ぢいさまばあさま

*

あゝ君の胸にのみこそ
けふよりは住むべかりけれ

島崎藤村
浦島

*

愛する心のはちきれた時
あなたは私に会ひに来る

高村光太郎
人に

*

愛の光をかゞやかす
なれはのどけき春の日か

土井晩翠
小児

*

赤き夜の光りに輝く
母と子の笑ひの美しさ

千家元麿
夜の太陽

*

赤ん坊は淋しい
何となく淋しい
未だ口もきけないで　僅かに声を立てゝゐる赤ん坊
は淋しい
居るか居ないのか解らないやうにおとなしいから
眼をつむつたり　開いたり
泣くのにも笑ふのにも
まるで人形のやうに　内の命じるまゝにおとなしく
従つてゐるから
見て居ると涙が湧いて来る
尊いものを見た時の様に

千家元麿
『人形』

*

赤ん坊は泣いて母を呼ぶ
深いところから世界が呼ぶやうに
此世の母を呼ぶ　母を呼ぶ

千家元麿
赤ん坊

*

赤んぼが　わらふ
あかんぼが　わらふ

わたしだつて　わらふ
あかんぼが　わらふ

八木重吉
『赤ん坊が　わらふ』

＊

秋風や無心に別る子に涙

大谷句佛

＊

秋の夜に君を思へば虫の音の
波やはらかに寄るまくらかな

与謝野晶子

＊

朝顔の鉢の下かや虫の声

大谷句佛

＊

遊びのはてに
穴を掘り
花をみな埋め
帰りゆく
子供のすなる
いぢらしさ

新美南吉
『夕暮』

＊

遊ぶ時人はわづかに卑しくなくなる

高村光太郎
智恵子と遊ぶ

＊

新らしく結べる髪に手をやりて
折々盲女の笑《ゑ》みつゝぞ行く

岡本かの子

＊

味気なき人の群より遠方《をちかた》の
君思ふことの淋しさうれしさ

岡本かの子

＊

あなた方は　どちらへ入らつしやるんですか
どこまでも行くんです

宮沢賢治
銀河鉄道の夜

＊

あなたの愛は一切を無視して私をつつむ

高村光太郎
亡き人に

＊

あなたのおももちの
今日は何たる明るさでせう

宮沢賢治
一〇二〇　野の師父

＊

あなたの心は
鳥のやう
涯のしれない

青空を
ゆきてかへらぬ
鳥ならば
私の傍へ
おくために
銀の小籠に
入れませう

竹久夢二
『あなたの心』

＊

あなたのために
窓をあけ
あなたのために
窓をとぢ
緑の部屋の
卓のへに
「青い花」を
さしませう
あなたのために
窓をあけ
あなたのために
窓をしめ
緑の窓の
日あたりに
「青い小鳥」を
かひませう

竹久夢二
『幸福の日に』

＊

あなたはだんだんきれいになる

高村光太郎
あなたはだんだんきれいになる

＊

あなたは私に踊り
私はあなたにうたひ
刻刻の生を一ぱいに歩むのだ

高村光太郎
人に

＊

あの日のをとめのほほゑみは
なぜだか　僕は知らないけれど
しかし　かたくつめたく　横顔ばかり

立原道造
夏花の歌 ― その一

＊

菖蒲葺く家やゆかしと燕来る

大谷句佛

＊

あらそひて

いたく憎みて別れたる
友をなつかしく思ふ日も来《き》ぬ

石川啄木

*

蟻は　うつくしい
花をしたうて旅に出た

金子みすゞ
柘榴《ざくろ》の葉と蟻

*

あをあをと月さし入れば母と娘《こ》が
ともしびもせで寝し森の家

岡本かの子

*

碧《あーを》い　碧《あーを》い空の中
ぐるぐるぐると　潜りこみ
ピーチクチクと啼きますは
あゝ　雲の子だ　雲雀奴《ひばりめ》だ

中原中也
雲雀

*

青い鳥が鳴いた
「たつた　ひとつ知つてるよ」つて

北原白秋
青い鳥

*

青ガラスのうちの中に居て窓をすつかりしめてると
二人は海の底に居るやうに見えた

宮沢賢治
黄いろのトマト

*

いかばかりちひさき蚕《こ》らの優眉《やさまゆ》に
君がかなしきこころ和《なご》みし

岡本かの子

*

幾人《いくたり》の子に交れども吾子《あこ》のこゑ
聞き違《たが》へずてじつと聞き居り

岡本かの子

*

いたづらをすればするほど可愛ゆしと
この子の父は眼を細め云ふ

岡本かの子

*

一生にいくばくもなき時をまだ
悟らざる子と我が見るさくら

与謝野晶子

*

いつの間にか啼かなくなつた　あれほどのこほろぎ

木下杢太郎
草堂四季

*

一杯の茶のあたゝかさ身にしみて
心すなほに子を抱いて寝る

種田山頭火
「樹」六十号　大正7年8月

*

いとし子も梅三輪の笑顔かな
大谷句佛

＊

稲妻の照る間に君が笑みを見て
御涙《みなみだ》を見て歩む夜の路《みち》
岡本かの子

＊

いやなんです
あなたのいつてしまふのが
高村光太郎
人に

＊

牛の一と足一と足がそのからだを支え
尾崎放哉

＊

牛の群彼等生くれど争ひを
知らず食《は》めるは大阿蘇の草
与謝野晶子

＊

牛は重いものを曳くので
休みにはうつとりしてゐる
新美南吉
牛

＊

牛は自然をその通りにぢつと見る
高村光太郎
牛

＊

薄氷のはつてゐるやうな

二人
二人は淋みしい
二人の手は冷めたい
二人は月を見てゐる
尾形亀之助
『二人の詩』

＊

うたたねの夢路に人の逢ひにこし
蓮歩のあとを思ふ雨かな
与謝野晶子

＊

美しい目のひとと沢山逢つてみたい
太宰治
女生徒

＊

美しきふとんに猫と共寝かな
竹下しづの女

＊

美しく君を待てよと袂《たもと》など
揃へ賜ひし母なりしかな
岡本かの子

＊

梅咲くや大樹の掘り根子が遊ぶ
大谷句佛

＊

葡萄色《えびいろ》の

長椅子の上に眠りたる猫ほの白き
秋のゆふぐれ

石川啄木

＊

老いたる母の微笑のみ
わがすべての過失を償ひぬ

立原道造
南国の空青けれど

＊

おお　我子よ　あの月を採れ
なんと金いろの大きな月だ

北原白秋
やや遅い月の出

＊

お母さまは　お洗濯
たらひの中をみてゐたら
しやぼんの泡にたくさんの
ちひさなお空が光つてて
ちひさな私がのぞいてる

金子みすゞ
井戸ばたで

＊

おとづれもせず去《い》にもせで
蛍と共にこゝをあちこち

島崎藤村
黄昏

＊

お日様のぞくとすやすや寝顔

種田山頭火

＊

大きい猫が頸ふりむけてぶきつちよに
一つの鈴をころばしてゐる

中原中也
春

＊

覚束《おぼつか》なく我が造りたる犬小屋に
寝ほけし汝もいとしと見し朝

岡本かの子

＊

おまへの心が　明るい花の
ひとむれのやうに　いつも
眼ざめた僕の心に　はなしかける

立原道造
Ⅵ　朝に

＊

お前の力でお前の生命《いのち》から
強く烈しい白光《びやくくわう》を放すのだ

福士幸次郎
日の子

＊

お前の掌とわたしの掌で
囲つて来たこのなつかしい一つの灯を
そつと吹きけさう

新美南吉
去りゆく人に

*

おまへのにくたいとおまへのことばを
すべてうつくしいひとつのながれとなしなさい
もしもひくいすがたのじぶんになつておるなら
たへがたくともだまつてゐなさい
みづからがひかるまでまつてゐなさい

八木重吉
無題（むなしいことばをいふな）

*

「母ちやん　人間つてちつとも恐かないや」
「どうして?」
「坊　間違へてほんたうのお手々出しちやつたの
でも帽子屋さん　掴まへやしなかつたもの
ちやんとこんないい暖い手袋くれたもの」

新美南吉
手袋を買ひに

*

角兵衛《かくべゑ》のをさな童《わらべ》のをさなさに
足をとどめて我は見んとす

斉藤茂吉

*

籠の鳥よ　放たれる日を待つよりも　力いつぱい羽
ばたけ

種田山頭火
雑誌「層雲」大正5年6月号

*

傘さしかけて心よりそへる

尾崎放哉

*

笠にとんぼをとまらせてあるく

種田山頭火

*

傘にばりばり雨音さして逢ひに来た

尾崎放哉

*

風更くる夜冷えを蛍草に居る

大谷句佛

*

堅い大地に蹄《ひづめ》をつけて
牛は平凡な大地を行く

高村光太郎
牛

*

蝸牛矢車草のたわみかな

大谷句佛

*

かはる〴〵覗く童や夏座敷

大谷句佛

*

かりそめに叱り得《う》べしや吾子《あこ》といへど
この天地《あめつち》の一人の男《を》の子《こ》

岡本かの子

*

刈田のなかで仲がよい二人の顔

尾崎放哉

*

傷ついた　僕の心から

棘を抜いてくれたのは　おまへの心の
あどけない　ほほゑみだ

立原道造
Ⅵ 朝に

＊

君おもふ広き心のかたはしの
偽りのため恋は亡《ほろ》びん

岡本かの子

＊

君きぬと五つの指にたくはへし
とんぼはなちぬ秋の夕ぐれ

与謝野晶子

＊

君来るといふに夙《と》く起き
白シャツの
袖のよごれを気にする日かな

石川啄木

＊

君や青空　われや海
ああ酔《ゑひ》心地　擁《だき》しめに
胸ぞわななく

薄田泣菫
くちづけ

＊

君　われ
二人が樹蔭路
緑の

蒲原有明
朱のまだら

匂ひぞここちよき

＊

君を思へば
闇の夜も
光をまとふ
星の空

島崎藤村
門田にいでて

＊

着物もて裸子を追ふ花菜かな

大谷句佛

＊

清くたふとく汚《けがれ》なく
恋も涙も憐みも
みつるやさしの胸あらば
君が心の宿とせむ

土井晩翠
無題

＊

きれいな花ね　沢山沢山
ちがふよ　おホシさんだよ　お母さん

伊東静雄
子供の絵

＊

きれ長き君が眼《まなこ》の緑の光ぞなつかしき

永井荷風

秋の歌

*

草花に淋しい顔をよする児よ
尾崎放哉

*

くしく妙なるあめつちの
何に譬《たと》へむをさなごよ
清き　いみじき　美はしき
汝《な》がこゝろねを面影を
土井晩翠
小児

*

口あいて落花ながむる子は仏
大谷句佛

*

蜘蛛は網張る私は私を肯定する
種田山頭火

*

暗いお山に紅《あか》い窓
窓のなかにはなにがある
空《から》つぽになつたゆりかごと
涙をためた母さまと
明るい空に金の月
月の上にはなにがある
あれはこがねのゆりかごよ
その赤ちやんがねんねしてる
金子みすゞ
『くれがた』

*

今日こそ今日こそ君かへりなば許すとて
抱かむものを抱かむものを
岡本かの子

*

けらけらとわらふ声が
あとからついて来る
八木重吉
無題（けらけらと笑ふ声が）

*

子雀のちよとまるだに落花かな
大谷句佛

*

子と遊ぶうらゝ木蓮数へては
種田山頭火

*

子とふたり摘みては流す草の葉の
たゞよひつゝもいつしか消ゆれ
種田山頭火
「樹」六十号　大正7年8月

*

こどもが
せつせつ　せつせつ　とあるく

すこしきたならしくあるく
そのくせ
ときどきちらつとうつくしくなる

八木重吉
『美しくあるく』

＊

こどもが
よちくたとあるきはじめた
じつさいは
わたしもいつしよにあるいてゐるのだ

八木重吉
『無題』（こどもが）

＊

子どもたちは
おかあさんの背中を
ほんとの天国だとおもつていました

新美南吉
天国

＊

子供よ
ここへお坐り
お前はさつき石をもつて喧嘩をしてゐたね
さういふことではいけない
石をお捨て
人は少しでも自分と違ふ力をかりてはいけない
いつかも一緒に歩いてゐる時
お父さんがゐるんだぞと言つてゐたことがあつた
自分はああいふ時
本当はお前のそばにゐないのだ
あの子がお前より強ければ
強いやうに打てばいいと思ふし
お前が強ければ強いやうに
やはり普通に打てばいいと思ふ
勝つのもいい
負けるのも又いい
勝つても威張れないし
負けても威張れないものなのだ
いいか
わかつたか

草野天平
『子供に言ふ』

＊

子ども等がおほぜいあつまつてあそんでゐた　その上をみたら赤い椿のはなが一ぱいさいてゐた

山村暮鳥
暮鳥随想「椿」より

＊

小鳥きて少女《をとめ》のやうに身を洗ふ

木かげの秋の水だまりかな　与謝野晶子

＊

小鳥よ　空から下りてこい
光よ　ここまで射してこい
ここに　こどもがねむつてる　新美南吉
葬式

＊

この大きな朝の世界に比べれば
可笑しいほど小さい人間が
鳥のやうに　思ひ〳〵の方向へ歩いて居る　千家元麿
朝

＊

この君を思ひやしつる身や愛《め》でし
恋は驕《おご》りに添ひて燃えし火　与謝野晶子

＊

この月をこゝに観せたき母遠し　大谷句佛

＊

この虹をみる　わたしと　ちさい妻
やすやすと　この虹を讃めうる
わたしら二人　けふのさいわひのおほいさ　八木重吉
『虹』

＊

この鬚　ひつぱらせたいお手手がある　種田山頭火

＊

この膝にたはむれる児よ
ひとつの
鮮かな世界にすむお前の眼は
この世界は浅はかだとわたしにつげる　八木重吉
『遊心』

＊

児は寝ねて消ゆるにまかす走馬燈　大谷句佛

＊

これがそもまことにわれの生める子か
あまり可愛《かあ》ゆしつくづくと見る　岡本かの子

＊

これがそもまことにわれの生める子か
泣きわめく子をつくづくと見る　岡本かの子

＊

こんな月夜には　子供達は何か夢みたいなことを考
へがちでありました　新美南吉
狐

＊

こんなにたくさんひとが居るのに　誰も僕を知つて
ゐない　太宰治

ダス・ゲマイネ

＊

さうだ
父の手は手といふよりも寧ろ大きな馬鍬《からすき》だ

山村暮鳥
父上のおん手の詩

＊

雑煮の間晴衣見せありく女孫

大谷句佛

＊

さんらんと春のひかりの
そゝぐ木の間《こま》に
吾妹子《わぎもこ》はいつしんに
赤き絲《いと》とる
青き絲とる

竹久夢二
『春日小景《しゅんじつせうけい》』

＊

叱られた児の眼に蛍がとんで見せる

尾崎放哉

＊

叱られて泣く子の姿いとしけれど
しばしは堪えてただに見やれる

岡本かの子

＊

しとしと　あゆむ　牛方と
五頭の牛の　夜のあけに
子供がうたふ　をさな歌

伊東静雄
小曲

＊

死ぬといふいまごろになつて
わたくしをいつしやうあかるくするために
こんなさつぱりした雪のひとわんを
おまへはわたくしにたのんだのだ
ありがたうわたくしのけなげないもうとよ
わたくしもまつすぐにすすんでいくから
あめゆじゆとてちてけんじや

宮沢賢治
永訣《えいけつ》の朝

＊

純白の初蝶にして快翔す

竹下しづの女

＊

しら蚊帳の涼しいなかに
小さい子がねてゐる
ももいろの手をすこし出して
しづかな息をして
風船のかるくゆれてゐるのもしらずにねてゐる

草野天平
『初夏』

＊

しんみり雪ふる小鳥の愛情
種田山頭火

＊

雀子《すずめこ》とかはるがはるに紅梅の
中より覗く鳴かぬうぐいす
与謝野晶子

＊

雀子よ亡き親に似る親となれ
大谷句佛

＊

すずめをどるやたんぽぽちるや
種田山頭火

＊

〔悴〕
さあ　水をがぶ〳〵呑むで大きい野原を歩け
おまへは青空と野原で出来た肖像である
佐藤惣之助
悴

＊

蝉取りの竿を曳きずる暑さかな
大谷句佛

＊

そくばくの銭を獲て得しあせぼはも
竹下しづの女

＊

そむき行く後姿《うしろで》さえに健やけく
育ちし子ゆゑほほゑまれぬる
岡本かの子

＊

高い籬《まがき》に沿つて
夢を運んで行く
白い蝶よ
少女のやうに
立原道造
『高い籬《まがき》に沿つて』

＊

鷹は鋭く
天の繊月《せんげつ》を凝視《みつ》めてゐる
北原白秋
鷹

＊

田草取蝉の真昼を唯一人
大谷句佛

＊

ただひとつぬれたる頬のいやはての
ほゝえみを見て君車窓《まど》を閉づ
岡本かの子

＊

たつた一人の人間
不思議にここにも文化があります
草野天平
高村光太郎先生へ

＊

旅の子の
ふるさとに来て眠るがに
げに静かにも冬の来《き》しかな
石川啄木

＊

だまつてあそぶ鳥の一羽が花のなか　種田山頭火

＊

溜息をつくやうな柳の落葉に見惚れながら
長い間電車の来るのを待つてゐた
散文・晶子さんが帰つてきた　薄田泣菫

＊

たれかこいこい蛍がとびます
日記・昭和8年6月15日　種田山頭火

＊

誰にもいはずにおきませう
朝のお庭のすみつこで
花がほろりと泣いたこと
もしも噂がひろがつて
蜂のお耳へはいつたら
わるいことでもしたやうに、
蜜をかへしに行くでせう
金子みすゞ
『露』

＊

力など望まで弱く美しく
生れしまゝの男にてあれ　岡本かの子

＊

千草《ちぐさ》の嘘つきさん
とうちやんの
おくちから
蝶々が
飛んでつた　なんて
山村暮鳥
『こども』

＊

父を呼ぶ子の遠声や土筆摘　大谷句佛

＊

ぢつと子の手を握る大きなわが手　尾崎放哉

＊

地に描いて子が遊びしに落葉せり　大谷句佛

＊

小さい卵のなかにゐる
かあいゝ坊やよでておいで
新美南吉
雀の歌

＊

ちよんちよんと
とある小藪《やぶ》に頬白《ほほじろ》の遊ぶを眺む
雪の野の路《みち》
石川啄木

＊

月見入る子が寝入れば月が顔照らす　種田山頭火

＊

椿をば幸ひの木と仰ぎたり
おなじこころの童《わらべ》と大人　与謝野晶子

＊

つぶらな
青い牛の眼に
何やら
見える

匂ひと
光につゝまれて
何やら
わらふ

新美南吉
『無題』（つぶらな）

＊

辛かりし世をも恨まず云はずして
山の如くにいましつる君　与謝野晶子

＊

つりばりぞそらよりたれつ
まぼろしのこがねのうをら

さみしさに
さみしさに
そのはりをのみ

山村暮鳥
『いのり』

＊

手一合零余子《ぬかご》貰ふや秋の風　芥川龍之介

＊

てふてふうらうら天へ昇るか　種田山頭火

＊

蝶は白いリボン
花と草を
結んでは
春の野山に
プレゼントする

新美南吉
蝶〈A〉

＊

蝶ひとつ土ぼこりより現れて
前に舞ふ時君をおもひぬ　与謝野晶子

＊

天真流露子どもがはねるぞはねるぞ

北原白秋
子ども

＊

天竺《てんぢく》のほとけの世より子らが笑《ゑみ》
にくからなくて君も笑むかな

斉藤茂吉

＊

天の族なる一女性の不可思議力に
無頼のわたくしは初めて自己の位置を知つた

高村光太郎
あの頃

＊

投扇興末子さかしく笑ひ初む

大谷句佛

＊

飛び越せ飛び越せ薔薇の花子どもよ子どもよ薔薇の
花

北原白秋
子ども

＊

遠いところで子供達が歌つてゐる
道路を越して　野の向うに
その声は金属か何かの尖端が触れ合つてゐるやうだ

百田宗治
遠いところで子供達が歌つてゐる

＊

とほ世べの恋のあはれをこほろぎの
語り部《べ》が夜々つぎかたりけり

斉藤茂吉

＊

とろとろとあかき落葉火《おちばび》もえしかば
女《め》の男《を》の童《わらは》あたりけるかも

斉藤茂吉

＊

蜻蛉《とんぼ》ゐてなにか凝視《みつ》むれ　一心に

北原白秋
秘密

＊

長い冬の日もすぎさつて
家の内はふたたび青青とした野のやうに明るく
子どもは雲雀のやうに囀りはじめた

山村暮鳥
朝朝のスープ

＊

夏霞君は果てなき旅に居て

大谷句佛

＊

夏の月一水にすむ湖魚海魚

大谷句佛

＊

撫子や父が連るれば連らるゝ子

大谷句佛

＊

七いろの蝶を放たむ花のごと
君にほやかに寝《い》ねたまふゆゑ

岡本かの子

＊

何《なに》となく君に待たるるここちして

出でし花野の夕月夜かな　与謝野晶子

*

日本海へ蝶も舞ひ出る秋日和　大谷句佛

*

人間は　嘘をつく時には　必ず　まじめな顔をして
ゐる　太宰治　斜陽

*

ねがはくは君は永遠に微笑してあれ
ねがはくは君は永遠に心静かであれ　福士幸次郎　夜曲

*

涅槃会や猫が子を生む縁の下　大谷句佛

*

伸び早き子がゆきたけや春近き　大谷句佛

*

はしけやし君の夢見む紅梅の
つぼめる枝を枕にはして　岡本かの子

*

はじめての薔薇が　ひらくやうに
泣きやめた　おまへの頬に　笑ひがうかんだ　立原道造

*

畑牛の機嫌も直る遅日かな　大谷句佛

*

初端午いづれ金時桃太郎　大谷句佛

*

花ぐさの原のいづくに金の家
銀の家すや月夜こほろぎ　与謝野晶子

*

花に蝶がとまると少女のやうになる　尾形亀之助　暮春

*

花に見ませ王のごとくもただなかに
男《を》は女《め》をつつむうるはしき蕋《しべ》　与謝野晶子

*

花屋の爺さん
夢にみる
売つたお花のしやはせを　金子みすゞ　花屋の爺さん

*

花をへだてて
きみがため

聞くにまかせて
うたへども
うたのこゝろの
かよはねば
せなかあはせの
きりぎりす

島崎藤村
きりぎりす

＊

春になると神様は御掌をひらいて
鶯をはなつてやるのです

新美南吉
お伽噺

＊

一つ残る虫のあはれを聴く夜かな

大谷句佛

＊

人はお墓へ
はいります
暗いさみしい
あの墓へ
そしていい子は
翅《はね》が生え
天使になつて
飛べるのよ

金子みすゞ
繭と墓

＊

火と燃ゆる君がこころのはげしさに
熱病む身とも成りにけるかな

岡本かの子

＊

ひとりして摘みけりと
ほこりがほ子が差しいだす
あはれ野の草の一握り

伊東静雄
春浅き

＊

ひとりのやさしい娘をおもふやうになるそのとき
おまへに無数の影と光の像があらはれる
おまへはそれを音にするのだ

宮沢賢治
三八四　告別

＊

火鉢べにほほ笑ひつつ花火する
子供と居ればわれもうれしも

斉藤茂吉

＊

雲雀がないてる
私だつて
気持にわだかまりの無いときはお前のやうだ

＊
ひばり ひばり
銀の微塵のちらばるそらへ

　　　　　　　　　　　八木重吉
　　　　　　　　　　　『雲雀』

＊
ひよつ子が
卵から喙を突きだすところだつた
金いろのちつちやな春が
チチチチと誕生してゐた

　　　　　　　　　　　伊東静雄
　　　　　　　　　　　雷とひよつ子

＊
ひら／＼といづち行きけん秋の蝶

　　　　　　　　　　　大谷句佛

＊
貧乏な天下の涼しさ
俺はねころんで午睡し
女房や子供は素裸で生きてゐる

　　　　　　　　　　　千家元麿
　　　　　　　　　　　夏を讃へて

＊
響り／＼　音り／＼
うちふりうちふる鈴高く
馬は蹄をふみしめて
故郷の山を出づるとき
その黒毛なす鬣は
冷しき風に吹き乱れ
その紫の両眼は
青雲遠く望むかな

　　　　　　　　　　　島崎藤村
　　　　　　　　　　　響り／＼　音り／＼

＊
夫婦喧嘩して居るよい月夜だ

　　　　　　　　　　　尾崎放哉

＊
百姓は西風の唱歌者
丘の上の畑に立つて
真青な朝の空気と
明るい大気の紫の影となる

　　　　　　　　　　　佐藤惣之助
　　　　　　　　　　　百姓　その一

＊
節高き男の手して飼はれたる
蚕の繭としも見えぬ優しさ

　　　　　　　　　　　岡本かの子

＊
振つても揺すぶつても
塵も出ない
ほこりも立たない

＊
うちふりうちふる鈴高く（※小岩井農場　宮沢賢治）

140

ぎりぎり結着の
大貧乏

草野天平
無題（振っても揺すぶっても）

＊

筆とりて手習させし我母は
今は我より拙《つたな》しと云ふ

中原中也

＊

ふるさとを出で来し子等の
相会《あひ》ひて
よろこぶにまさるかなしみはなし

石川啄木

＊

ほうたるこいこいふるさとにきた

種田山頭火

＊

僕はいくら早足に歩いてもあなたを置き去りにする
事はない

高村光太郎
僕等

＊

「ぼくはお前を愛してゐる」
ふと少女はそんな囁きを風のなかに聞いた

梶井基次郎
雪後

＊

梢ほとり歌うては独り遊ぶ児よ

種田山頭火

＊

牡丹雪　こ雪
ひらひら舞ふよ
二人のうへに
あたたかく　うつくしく

金子みすゞ
夜の雪

＊

ほんたうにどこまでもどこまでも僕といつしょに行
くひとはないだらうか

宮沢賢治
銀河鉄道の夜

＊

窓あけた笑ひ顔だ

尾崎放哉

＊

豆人となるまで送る夏野かな

大谷句佛

＊

まり　と
あかんぼ　と
どつちも　くりくりしてる
つかまへどこも　ないやうだ
はじめも　おわりも　ないやうだ
どつちも
ぷくぷく　だ

八木重吉

鞠とぶりきの独楽

*

見えも外聞もてんで歯のたたない
中身ばかりの清冽《せいれつ》な生きもの

高村光太郎
あなたはだんだんきれいになる

*

味噌汁のにほひおだやかに覚めて子とふたり

種田山頭火

*

嬰児憤る閻魔の恚り数ならず

竹下しづの女

*

蓑虫もしづくする春が来たぞな

種田山頭火

*

蓑虫やじほ〳〵雨の錦木に

大谷句佛

*

見るかぎり絵などに書きておきたまへ
一いろならぬ心の人を

与謝野晶子

*

麦埃かぶる童子の眠りかな

芥川龍之介

*

木槿の花と遊ぶ児よ手がかゆいぞ足がかゆいぞ

尾崎放哉

*

眼をあげ百姓枯木に雀がこぼるるぞ

北原白秋
秋日小韻

*

もしやわれ梭《おさ》にありせば
君が手の白きにひかれ
春の日の長き思《おもひ》を
その糸に織らましものを

島崎藤村
吾胸の底のこゝには

*

もしやわれ鳥にありせば
君の住む窓に飛びかひ
羽を振りて昼は終日《ひねもす》
深き音に鳴かましものを

島崎藤村
吾胸の底のこゝには

*

焼跡の隅のわづかな青草でも美しく歌つてくれる詩
人がゐないものでせうか

太宰治
パンドラの匣

*

やは肌のあつき血潮に触れも見で
さびしからずや道を説く君

与謝野晶子

*

やは肌は白鑞《はくらふ》なれば燃えにける
君が御息《みいき》の火のうつり来て
岡本かの子

*

やはらかに
眼も燃えて
ああ君は
唇をさしあてたまふ
北原白秋
断章 ― 五十

*

山の子の
山を思ふがごとくにも
かなしき時は君を思へり
石川啄木

*

雪ふれふれ明日《あす》起くる子が驚きの
つぶらなる眼をおもひて楽《たぬ》し
岡本かの子

*

雪をよろこぶ児らにふる雪うつくしき
種田山頭火

*

ゆふぐれになればひもじくなればふるさとの母を思
出す
竹久夢二
他郷のゆふぐれ

*

夕暮れのこの一時ぞ外《と》に遊ぶ
吾子《あこ》の声聞きわれ楽しけれ
岡本かの子

*

夕空のしづか青蛙呼びかはすなり
種田山頭火

*

ゆふ日とほく金にひかれば群童《ぐんどう》は
眼つむりて斜面をころがりにけり
斉藤茂吉

*

夢深き女に猫が背伸びせり
種田山頭火

*

ゆるしたまへ二人を恋ふと君泣くや
聖母にあらぬおのれのまへに
与謝野晶子

*

酔うてこほろぎと寝てゐたよ
種田山頭火

*

夜寒さを知らぬ夫婦と別れけり
芥川龍之介

*

よちよち下りて歩りく児よ大地芽ぐめる
尾崎放哉

*

世のなかの憂苦《うけく》も知らぬ女《め》わらはの
泣くことはあり涙ながして
斉藤茂吉

＊

宵の春錦絵に似し団欒かな

大谷句佛

＊

寄り来れば払ひもかねつ山蟻の
掌《たなぞこ》にのせ愛《かな》しとぞ見る

岡本かの子

＊

楽土の風を匂はする
汝はとこしへの花の香か

土井晩翠
小児

＊

林檎かぢる児に冬日影あたゝけれ

種田山頭火

＊

林檎といつしよに
ねんねしたからだよ
それで
わたしの頬つぺも
すこし赤くなつたの
きつと　さうだよ

山村暮鳥
『おなじく』〈赤い林檎〉

＊

我が心いつかく老ひし我が父も
はた我が夫《つま》も子の如く見ゆ

岡本かの子

＊

わがこころはいま大風の如く君にむかへり

高村光太郎
郊外の人に

＊

わがこころみな知るごとしわれを見て
いそぎ草間にかくるるとかげ

岡本かの子

＊

わが児は歩む
嬉々として　もう汗だらけになつて

千家元麿
わが児は歩む

＊

わが児は歩む
ころんでも汚した手を気にし乍らます〳〵元気に一生懸命にしつかり
歩かうとする

千家元麿
わが児は歩む

＊

わが子等《ら》がおしろいをもて青桐の
幹に字かけばうぐひすの啼く

与謝野晶子

＊

わが胸の小鳥はわが胸の沙漠に巣くうてゐる

わが胸の小鳥よ　せめて沙漠の歌でもうたへ

種田山頭火
雑誌「層雲」大正5年6月号

＊

わたしがよく知つてゐる人間でも　ときにはまるで
知らない人間になつてしまふ

新美南吉
久助君の話

＊

わたしがよく知つてゐるのがほんとうのその人なのか
わたしの知らないのがほんとうのその人なのか

新美南吉
久助君の話

＊

私の髪の光るのは
いつも母さま　撫でるから

金子みすゞ
私の髪の

＊

わたしや象の子おつとり〳〵してた
何か知らぬがゆつくら〳〵してた

北原白秋
象の子

＊

私を　生んだ　私の母の　ちひさい顔を
私は　不意に　おもひ出す

立原道造
初夏

＊

私を眠らせて下さつたあなたの唄で
私は私の子供を寝かせます
この児がまた自分の子供を眠らせる時に
うたふ唄をばかうして教へます

百田宗治
『子守唄』

＊

我をのみ清くやさしく秘めたまふ
み胸を何の花もてかざらん

岡本かの子

＊

幼き息子よ
その清らかな眼つきの水平線に
私はいつも真白な帆のやうに現はれよう

佐藤惣之助
女の幼き息子に

＊

折紙の手先も香し梅の花

大谷句佛

＊

折々はとざせる我の扉をば
ゆるめて君の入るにまかする

岡本かの子

＊

索引

芥川龍之介
（句集夕ごころ）
秋風や　三六
甘栗を　六八
兎も片耳　三八
帰らなん　七七
木がらしや　四四
草庵や　八三
しどけなく　四七
炭取の　四七
月清ら　四九
妻のぬふ　九〇
手一合　一三六
鉄線の　二二
曇天に　二二
夏山に　九三
花曇り　九五
花はちす　二四
花降るや　二四
ひたすらに　九六
みぞるるや　五七
短夜や　二八
麦埃　一四二
夜寒さを　一四三
臘梅や　三〇
（侏儒の言葉）
いくら書いて行つても　七〇
世界には前人の造つた　八七
得意の微笑のかげに　九一
人間よりも蝶になりたい　九四
僕は　しやべるやうに　一〇〇
僕等の独創と呼ぶものは　一〇一
僕等は皆世界と云ふ　一〇一
我々は我々自身さへ　一一六

石川啄木
朝の湯の湯槽のふちに　六七
飴売のチャルメラ聴けば　六八
あめつちにわが悲しみと　三七
あらそひて　いたく憎みて　一二四
糸きれし紙鳶のごとくに　七一
腕拱みてこのごろ思ふ　七三
葡萄色の長椅子の上に　一二六
大形の被布の模様の　七四
思出のかのキスかとも　一五
思ふこと盗みきかるる　七五
かの時に言ひそびれたる　七七
顔あかめ怒りしことが　七七
汽車の窓はるかに北に　四三
君来るといふに夙く起き　一二九
草に臥ておもふことなし　七九
不来方のお城の草に　八二
さらさらと氷の屑が　四六
叱られてわつと泣き出す　八四
潮かをる北の浜辺の　一九
水蒸気　列車の窓に　四七
すずしげに飾り立てたる　四七
たはむれに母を背負ひて　八九
旅の子の　ふるさとに来て　一三四
誰が見ても　われを　八九
たんたらたら　八九
ちよんちよんと　一三五
手にためし雪の融くるが　九〇
手套を脱ぐ手ふと休む　九〇
東海の小島の磯の　九一
何事も思ふことなく　九三
何となく　今年はよい事　九三
馬鈴薯の花咲く頃と　二五
晴れし空仰げばいつも　九六
人がみな同じ方角に　九六
ふるさとの訛なつかし　九九
ふるさとを出で来し子等の　一四一
ほそぼそと　其処ら　一〇二
ほとばしる喞筒の水の　一〇二
眼閉づれど　心にうかぶ　一〇五
用もなき文など長く　一〇八
よごれたる手を見る　一〇八
世の中の明るさのみを　一〇九
やはらかに積れる雪に　一〇六
山の子の　山を思ふが　一四三

伊東静雄
（沫雪）　そは早き　三七
いちばん早い星が　三八
風がそこいらを　四一
きれいな花ね　一二九
くらい海の上に　四四
草原は　つゆしとどなる　四六
しとしと　あゆむ　一三三
立木の闇にふはふはと　四九
日光はいやに透明に　五一
ひとり考へるための　九七
ひとりして摘みけりと　一三九
ひよつ子が　一四〇
ふいに「春が来るんだわ」　五四
不思議に海は　五四
ほそい清らかな　一〇一
真白い花を　二七
闇とひとの夢幻をはなれて　五八
私さへ信じない　一一一
私たちの内の　一一一
わたしの魂よ　一一二
私もゆつくり　一一四

岡本かの子
赤あきつ軽げにとべり　三六
秋草のにほへる中に　一二
秋の風まろき乳房も　三六
新らしく結べる髪に　一二三
味気なき人の群より　一二三
あでやかに君が面を　一二
あらはなる昼と昼との　一三
あをあをと月さし入れば　一二五
青空の一ひら落ちて　三七
いかばかりちひさき蚕らの　一二五
幾人の子に交れども　一二五
抱かれて我あるごとし　三八
いたづらをすればするほど　一二五
一杯の水をふくめば天地の　七一
いつぽんの桜すずしく　一三
いとしさと憎さとなかば　七二
稲妻の照る間に君が　一二六

いまだ深き朝霧の底に　三八
うちわたす桜の長道　一三
美しく君を待てよと　一二六
美しく斬られんとして　七三
おのがじし這ひまつわりて　一四
おのづからなる生命のいろに　一四
覚束なく我が造りたる　一二七
朧夜をひくゝ縫ひくる　一五
思ふこと皆打出でて　七五
折々は君を離れて　七五
折々はとざせる我の　一四五
傘をたゝめばひとつ　一五
かそかなる遠雷を　一六
貝などのこぼれしごとく　四二
かりそめに叱り得べしや　一二八
枯れぬとて捨てたる鉢に　一六
きさらぎの海はろばろし　四三
君おもふ広き心の　一二九
金の蜂ひとつとまりて　一六
唇をかめばすこしく　八〇
くれなゐの苺の実もて　八〇
今日こそ今日こそ　一三〇
濃藍なす夕富士が嶺を　四四
紅梅は紅梅として　一七
心なく折りては捨てし　一七
この路は果なしと云ふ　八二
この夜ごろ言葉ずくなに　四五
恋しさも悲しさもまた　八三
これがそもまことにわれの生める
　子かあまり可愛ゆし　一三二
これがそもまことにわれの生める
　子か泣きわめく子を　一三二
早春の風ひようひようと　一八
咲きこもる桜花ふところゆ　一八
桜ばないのち一ぱいに　一九
さくら花まぼしけれども　一九
淋しさも煩はしさも　八四
叱られて泣く子の姿　一三三
白き花日も夜もわかず　二〇
しんしんと桜花ふかき奥に　二〇
鈴蘭の薄ら冷たく　二〇
すなほなる木草に春の　二〇
袖ひぢて秋の夕の　八七
そむき行く後姿さえに　一三四
誰が家の垣根の花　二一
ただひとつぬれたる頬の　一三四
力など望まで弱く　一三五
血の色の爪に浮くまで　八九
血のにじむ唇をもて　八九
小さなる日影をつくる　二一
ちひさなる真白野薔薇に　二一
梅雨ばれの庭の真中の　二二
とりすませし瓶にはささで　二二
七いろの蝶を放たむ　一三七
何物か形を得むと　九三
猫の尾の一すじ白き　五一
野火のあとまばらに這へる　二三
延びよ延びよここな可愛ゆき　二三
萩の花朝のしづくに　二三
はしけやし君の夢見む　一三八
初恋の甘きごとくに　五二
張りたての障子明るし　五二
針持てばいつか小鳥の　五二
春の日の光しづかに　五三
晴れやかに薄氷ふめば早　九六
ひそやかにせちにおもへる　二六
ひとひらの薄かる紙の　九七
火と燃ゆる君がこころの　一三九
火の如く人をば恋ふる　九八
日の本の春のあめつち　二六
灯をさせばたちまち闇は　二七
不覚にも我は立つなり　九八
ふくよかに靄ふくみたる　二七
節高き男の手して　一四〇
ふとあぐる面にあたる　五五
ふと沁みし葱の香に　九九
触るるものみなすこやかに　九九
紅椿かならずわれの　二七
ほこらしき庭木のかげの　二七
枕辺に挿せるつつじの　二七
惨にも捨てられにけり　一〇三
胸深くひそかに秘めし　一〇五
優しくも君が袂に　五八
やは肌は白鑞なれば　一四三
やはらかき金糸の渦を　五八
やはらかく恋に我が瞳も　二九
雪ふれふれ明日起くる子が　一四三
夕暮れのこの一時ぞ　一四三
寄り来れば払ひもかねつ　一四四
らんまんとおのづからなる　三〇
らんまんと桜さきけり　三〇
らんまんと桜咲きたり　三〇
我が心いつかく老ひし　一四四
我心またかく閉ぢて　一一〇
わがこころみな知るごとし　一四四
若やかに心ぞ冴ゆれ　一一一
われはかくいのちかなしく　三〇
我をのみ清くやさしく　一四五

尾形亀之助
雨は　ガラスの花　三七
薄氷のはつてゐるやうな　一二六
髪につけた明るいりぼんに　七七
空のまん中で太陽が焦げた　四八
空は見えなくなるまで　四八
たんぽぽの夢に見とれてゐる　二一
つまづく石でもあれば　九〇
どてどてとてた　九一
花に蝶がとまると　一三八
私の心は山を登る　一一二
私は空ほどに　一一三
私は　とぎれた夢の前に　一一四

尾崎放哉
いつからか笑つたことの　七〇
入れものが無い　七二
牛の一と足一と足が　一二六
うつむきて　一四
うつろの心に眼が　七三
落葉掃けば　四〇
お月さんも　七四
傘さしかけて　一二八
傘にばりばり　一二八
蛙たくさんなかせ　一四二

刈田のなかで　一二八
草花に淋しい顔を　一三〇
今日も生きて　四四
蹴られても　踏まれても　八〇
心をまとめる　八二
小鳥がふみ落す葉を　四四
こんなよい月を　四六
今夜も星がふるやうな　八三
咲かねばならぬ命かな　一八
叱られた児の眼に　一三三
静かなる日の　一九
自分をなくしてしまつて　八五
雀のあたたかさを　八六
咳をしても一人　八七
竹の葉さやさや　八八
ただ風ばかり　四九
たつたひと晩で　八八
たつた一人に　八八
たばこが消えて居る　八八
ぢつと子の手を　一三五
つめたく咲き出でし　二二
流るる風に押され　九二
何か求むる　九三
寝て聞けば　五一
蓮の葉押しわけて　二三
鳩のうたうたひ　五二
人をそしる心を　九八
夫婦喧嘩して　一四〇
藤棚から青空　九八
ふところの焼芋の　九九
窓あけた笑ひ顔だ　一四一
木槿の花と遊ぶ児よ　一四二
行春の今　一〇七
百合咲くや　二九
よちよち下りて　一四三
笑へば泣くやうに　一一五

大谷句佛

秋風や無心に　一三三
朝顔の鉢の　一三三
朝顔は儚なき　一二
菖蒲葺く家や　一二四
青東風の雲　三七
幾鉢の花に　一三
一月の陽当る　三八
いとし子も梅三輪の　一二六
憂き恋のむかしの　七二
梅咲くや大樹の　一二六
朧夜や人の　七五
思ひ出を話す夜　一五
風さわ〳〵　四一
風更くる夜冷えを　一二八
片仮名で子へ　七六
蝸牛矢車草の　一二八
かはる〴〵覗く　一二八
神は誠の君に　七八
寒梅の白きと　七八
菊の香の永久に　一六
着物もて裸子を　一二九
口あいて落花　一三〇
薫風や寺から　四四
懈慢界に生れて　八〇
子雀のちよと　一三〇
この月をこゝに　一三二
児は寝ねて　一三二
蒼天の緑水に　四六
雑煮の間晴衣　一三三
渋柿のまだ〳〵　一九
春月とうなづき　八五
白菊に紅さし　一九
雀子よ亡き親に　一三四
節分や心に　八七
蝉取りの竿を　一三四
大福や心に　八八
田草取蝉の　一三四
佇むや小春の　八八
玉椿八千代を　二一
父を呼ぶ子の　一三五
地に描いて子が　一三五
梅雨空や山襞　五〇
投扇興末子　一三七
鳥雲に入る日は　五一
泣く声の聞え来る　九三
夏霞君は　一三七
夏の月一水に　一三七
夏山十里幽鳥の　五一
撫子や父が　一三七
菜の花の色　二二
日本海へ蝶も　一三八
涅槃会や猫が　一三八
ねむたさの花の　二三
伸び早き子が　一三八
廃仏の魂魄　五二
白隠と溶け合ふ　九五
白木蓮の梢雲　二三
畑牛の機嫌も　一三八
初東風や枯蘆の　五二
初空や法身の　九五
初端午いづれ　一三八
初御扉慈顔　九五
花の世となるや　二四
花吹雪日に照る　二四
花綿の淋しき　二四
春浅き椿も　二五
春風の我に　二五
春風や仏を　五三
春の水和歌　五三
春の雪積む　二五
春惜しむ心も　九六
曳き船の遅々と　五三
ひしと包む破れ　九六
一つ残る虫の　一三九
人の世へ儚なき　二六
雲雀鳴くや入日の　五四
ひら〳〵といづち　一四〇
風鈴の乱れ　九八
豆人となるまで　一四一
丸々と大きく　五六
三日月の雫　二八
蓑虫やじほ〴〵　一四二
寧ろ花壇にもれし　二八
名月のあまり　五七
木犀の夜の　二八
物思ふ口には　一〇六

焼け〳〵て野火の 五八
八重一重無常は 二九
宵の春錦絵に 一四四
折紙の手先も 一四五

梶井基次郎

嘲笑つてゐてもいい 六七
歩け 歩け 六九
現身は道の上に 七三
生れたばかりの仔雲 三九
風に吹かれてゐる草などを 七六
心といふ奴 八一
こんなに美しいときが 八三
末遠いパノラマのなかで 四七
戦ふべき相手と 八八
小さな希望は深夜の 九〇
ぼくはお前を愛してゐる 一四一
星の光つてゐる 五六
町の屋根からは煙 五六
私は 現実の私自身を 一一四
私は私の運命そのままの 一一四

金子みすず

蟻は うつくしい 一二五
上の雪 さむかろな 三九
海にふる雪は 海になる 三九
お母さまは お洗濯 一二七
お月さま あなたも 四〇
お花が散つて 一四
金の入日がしづむとき 四三
暗いお山に紅い窓 一三〇
こんこん こん粉雪 四五
蝉もなかない 二〇
空いつぱいのうろこ雲 四七
空いつぱいのお星さま 四八
空は青いと知つてます 八八
大根ばたけの春の雨 四八
誰がほんとをいふでせう 八九
誰にもいはずにおきませう 一三五
月のひかりはみつけます 五〇
月はいきするたびごとに 五〇
どこにだつて私がゐるの 九一
遠い日にあげた 九二
花はいきするたびごとに 二四
花屋の爺さん 一三八
ひとつお鐘がひびくとき 二六
人はお墓へ 一三九
ひるま子供がそこにゐて 二六
ほこりのついた 五五
星のおくにも星がある 五六
牡丹雪 こ雪 一四一
もくせいのにほひが 二八
もしもお空が硝子だつたら 一〇五
もしも泪がこぼれるやうに 一〇六
もしも私が男の子なら 一〇六
雪ん中へあげる 一〇七
夕日の土手で 二九
夕やけ 小やけ 一〇八
夜なかの風は 五九
私の髪の光るのは 一四五
私はいまね 一一三
私は子供で 一一三
私は好きになりたいな 一一三
私は不思議でたまらない 一一四
私もしましよ 一一四

蒲原有明

いつ月が眩めき倒れて 三八
衣ずれの音のさやさや 七八
君 われ 一二九
灯明の油はつはつ 五一
白蠟のほそき焰と 九八
夢こそひかり 一〇八
夢は夢なれ 一〇八

北原白秋

ああ おぢいさまや 一二三
紅い点々の花 一二
あかしやの金と赤とが 一二
足もとの そこここの 一二
明日こそは 六七
あたたかに海は笑ひぬ 三六
雨は真珠か 六八
雨はまたくらく 三七
青い鳥が鳴いた 一二五
いさかひしたる 一三
一心玲瓏 七一
糸車 糸車 七一
麗ラカヤ 十方法界 七四
おお 我子よ 一二七
落葉焚けばおもしろ 一四
大きなる月は 四〇
風を祭る 一五
神こそはおそらくは 七七
聖らかな白い一面の雪 四三
銀の時計のつめたさは 七九
罌粟ひらく 一七
静なり ひとり坐れば 八四
閑かなる 八四
蛇目の傘にふる雪は 四七
巡礼のふる鈴は 八五
白薔薇の香気は既に 二〇
真実寂しき花ゆゑに 二〇
真実心ユヱアヤマラレ 八六
炭火に片手をかざしながら 八七
空いろに透きて 二〇
空の光のさみしさは 八七
鷹は鋭く 一三四
月の夜ぶかに 九〇
つつましい妻 九〇
天真流露子どもが 一三六
〔冬眠〕 ねむれよ 九一
飛び越せ飛び越せ 一三七
蜻蛉ゐて 一三七
ナガルルミヅハ 五一
白牡丹 宇宙なり 一二三
薔薇ノ木ニ 一二五
ふと 夕日さしそふ 五五
妄想と罪悪と 一〇二
眼をあげ百姓 一四二
やはらかに 一四三
よひやみの 一〇九
わが眼に赤き藪椿 一三〇
わたしや象の子 一四五

われらいま黄金なす　三〇

木下杢太郎

あちこちに葉の出でて　一一
いつの間にか啼かなく　一二五
岩に咲いた紫陽花も　一一三
今目の前に浮んだ国へ　七二
街上　ふと止り　四一
雲を漏れたる落日の　四四
月かげは窓のがらすの　四九
とつぜんに庭から　二二
二月の雨のなんとなく　九四
はてな　瓶にさして　二三
はねつるべ　五二
浜の真砂に文かけば　五二
春になれば草の雨　二五
人遠し　春の路　五四
冬の夜の煖炉の　五五
夕鳥の影を見れば　一〇七
わが庭はとさみづきの　三〇

草野天平

ああ今日も亦　六六
ああ皆んな行く行く　六六
暖く何処にもゐて　六七
如何にも俺は俺らしく　七〇
今ゐる処に　七二
念ふ心と念はれる心　七五
幸福といふ　七六
乾いてもはや気色もなく　一一六
個となりきつて　八二

子供よ　ここへお坐り　一三一
さうか　これが　一一八
さるすべりの葉が　一一九
しら蚊帳の涼しいなかに　一三三
ずゐぶん廻り道をして　八七
たつた一人の人間　一三四
散るものは散り　四九
天然の気配に　九一
一すぢの糸のやうに　五三
振つても揺すぶつても　九八
懐手をして歩くのは　一四〇
菩薩は麦を摂つて　一〇一
道といふものは　一〇三
路は続いてゐる　一〇三
無量億の天女は　一〇五
善くなつたのか　一〇八
私のあとに誰か来て　三〇

斉藤茂吉

秋のかぜ吹きてゐたれば　一二
あしびきの山の峡を　三六
今しいま年の来ると　三八
現し身が恋心なす　三八
かぎろひの春なりければ　四一
角兵衛のをさな童の　一二八
コスモスの闇にゆらげば　一七
こほろぎはこほろぎゆゑ　四五
赤光のなかの歩みは　八五
しろがねのかがよふ雪に　八六
太陽はかくろひしより　四八
天竺のほとけの世より　一三七

とほ世べの恋のあはれを　一三七
とろとろとあかき落葉火　一三七
なやましき真夏なれども　五一
ひかりつつ天を流るる　五三
火鉢べにほほ笑ひつ　一三九
ほそほそとこほろぎ鳴くに　一〇一
みなし児の心のごとし　一〇四
見はるかす山腹なだり　二八
夕ぐれの川べに立ちて　一〇七
ゆふさりてランプともせば　一〇七
ゆふ日とほく金にひかれば　一四三
世のなかの憂苦も知らぬ　一四三
留守居して一人し居れば　一一〇
わが歩みここに極まり　五九

佐藤惣之助

いちめんの昼顔が　一三
海の扇よ　吹けよ　三九
幸福はとんでゐる　七六
銀河は大空間に　七九
空中から　青い扇を　一七
幻想の　光りの　八〇
〔悴〕　さあ　水を　一三四
農家の小さい時計は　九五
畑はいつもきれいな色と　五二
百姓は西風の唱歌者　一四〇
ふかい年月のあひだ　九八
僕は感じまい　一〇〇
僕はそこここの　一〇〇
水よりしづかな　五七
もつとも色のない　二九

わたしは草と花で　一一三
わたしは世界に　一一三
幼き息子よ　一四五

島崎藤村

あゝ君の胸にのみこそ　一二二
荒き胸にも一輪の　六九
青き山辺は吾枕　三七
おとづれもせず　一二七
きみのかたちと　一六
君を思へば　一二九
口唇に言葉ありとも　七九
知らざりし道の開けて　八五
蝶の舞　五〇
花の香おくる春風よ　五二
花をへだてて　一三八
響りん〱　音りん〱　一四〇
深き林の黄葉に　五四
ふるきころもを　五五
もしやわれ梭にありせば　一四二
もしやわれ鳥にありせば　一四二

薄田泣菫

君や青空　われや海　一二九
ささやきつ　四六
幸も　希望も　八三
溜息をつくやうな　一三五
何とはなしに　二二
燃ゆる火の花と　二九

千家元麿

赤き夜の光りに輝く　一二二
赤ん坊は淋しい　一二二
赤ん坊は泣いて　一二二
青い空は静かに　六九
幸福は　鳥のやうに　七六
暗闇の底から　八〇
この大きな朝の世界に　一三二
自分は可笑しくなつて　八五
天地も人も寝鎮る　五〇
眠れる人々の上に　九五
貧乏な天下の涼しさ　一四〇
窓からは好きな青空が　一〇三
闇と光りの美くしさ　一〇七
わが児は歩む　嬉々として　一四四
わが児は歩む　ころんでも　一四四

高村光太郎

愛する心のはちきれた時　一二二
遊ぶ時人はわづかに　一二三
あなたの愛は一切を　一二三
あなたはだんだん　一二四
あなたは私に踊り　一二四
一生を棒にふつて　七一
いのる言葉を知らず　七二
いはれも無く可笑しい笑を　七二
いやなんです　一二六
牛は自然を　一二六
生れ故郷の東京が　七三
かういふ恩愛を　七五
額ぶちを離れたる　七六
堅い大地に蹄をつけて　一二八
きつぱりと冬が来た　四三
是でも非でも　八七
知性の夢を青々と　八九
土をふんで道に立てば　五〇
天然の心ゆたかな　九一
天の族なる一女性の　一三七
刃物のやうな冬が来た　五二
春が思ひがけなく　五三
人の世の不思議な理法が　九七
冬が又来て　五五
分相応よりも　九九
僕の前に道はない　九九
僕はいくら早足に歩いても　一四一
見えも外聞も　一四二
やさしい祈の心にかへて　一〇六
雪も深夜をよろこんで　五八
夢といふものは　一〇八
わがこころは　一四四
私が触れたのは　一一一
私達の愛を　一一一
私達はすつかり黙つて　一一一
私は自分のゆく道の　一一三

竹下しづの女

葦火して　六七
あらくさに　一二
凍て畳に　七一
打水や　一三
美しき　一二六
おのがじし　七四
大いなる　四〇
影させし　四一
蛾の眼すら　七七
蚊の声の　七七
蛙聴く　七七
枯銀杏空の　一六
枯木燃ゆ　四二
啄木鳥や　四三
毛糸編み　八〇
芥子群れて　一七
子を負ふて　八三
子をおもふ　八三
修道女椿の　一九
春雪の　四七
純白の　一三三
昴は神の鈴　四七
そくばくの　一三四
颱風は萩の　二一
高く高く　八八
絶つべきの　八八
乳啣ます　八九
ちひさなる　二一
月の名を　五〇
月見草　二三
鳥渡る　五一
汝がゆくて　九二
二重人格に　九四
花日々に　二四
花ゆすら　二四
灯りぬ　二六
孤り棲む　九七
ひらがなの　九八
節穴の日が　五四
冬木鳴る　五五
ペンが生む　九九
松の葉を　五六
曼珠沙華　二八
短夜や乳ぜり　一〇三
嬰児憤る　一四二
無月にも　五七
八ツ手散る　二九
蓬摘む　一〇九
緑蔭や矢を　一一〇
吾が皓歯　一一〇
折れ伏して　三〇

竹久夢二

秋の　青い眸は　三六
あたしの心に何がある　六七
与へられぬことを　六七
あなたの心は　一二三
あなたのために　一二四
あまり喜び過ぎぬやうに　六八
ある時は　歓びなりき　六九
うれしいことがあるやうに　三九
風がひとり　七六
今日も私の胸の戸へ　八〇
孤独こそ人間本来の　八二
さんらんと春のひかりの　一三三
その日から　八七
遠いこころへ心から　九二
ほころびた靴下を　一〇一

ゆく水の心ひとはしらなく　一〇七
ゆふぐれになれば　一四三
よんだらやぶく手紙です　一〇九
忘れたり　一一一

太宰治

愛することは　六六
生きてゆくから　七〇
一日一日を　七〇
言へば言ふほど　七二
いま　といふ瞬間は　七二
嘘をつかない人なんて　七三
美しい目のひとと　一二六
思ひは　ひとつ　一五
幸福は一夜おくれて来る　七六
可愛い草と　一六
君は　自身の影に　七八
苦痛の底でも　八〇
けふ一日を　八〇
こんなにたくさんひとが　一三二
純粋の美しさは　八五
タンポポの花一輪　二一
浪のまにまに　九三
人間ならば　九四
人間は　嘘をつく時には　一三八
ひそひそ聞える　九六
憤怒こそ愛の極点　九九
ほんたうに私は　一〇二
もう僕を信ずるな　一〇五
焼跡の隅のわづかな　一四二
私の瞳は　一一二
笑はれて　一一五

立原道造

朝　真珠色の空気から　六七
あの日のをとめの　一二四
歩けば歩けば　六九
いつそインキと紙が　七一
いつまでも　さうして　七一
いろいろなことが　七二
老いたる母の微笑のみ　一二七
おしやべりよ　七四
浮雲が　空をすぎて行く　三八
美しいものになら　七三
海よ　小さな泡の呟きよ　三九
小川のせせらぎは　四〇
おまへの心が　明るい花の　一二七
ガラス窓の向うで　四二
傷ついた　僕の心から　一二八
コツプに一ぱいの　八二
小鳥のうたがひびいてゐる　四四
小径が　林のなかを　四五
誘ふやうに　一九
さびしい心は耳をすます　八三
しるべもなくて来た道に　八六
高い籬に沿つて　一三四
ただひとり　ひとりきり　八八
たのしいことがすぎて行く　八八
だれも聞いてゐないのに　二一
だれも　見てゐないのに　四九
どうぞ　もう一度　九一
どこかへ行けば　九一
何か　たのしくて　九三
にほひのままの　二三
眠りのなかで　九四
眠れ　眠れ　九四
はじめての薔薇が　一三八
八月の金と緑の　九五
花は　またひらくであらう　五二
貧乏な天使が　二七
僕はたのしい　一〇〇
僕は手帖をよみかへす　一〇〇
道なかばにして　一〇三
自らの重みを　一〇四
胸にゐる　一〇五
灼ける熱情となつて　一〇六
やさしい朝でいつぱい　五八
ゆくての道　五九
夢みたものは　ひとつの愛　一〇八
弱い心を　投げあげろ　一〇九
私たちの　心は　一一一
私の行けないあのあたりで　一一二
私はいつまでも　一一二
私は今こそ　一一三
私を　生んだ　私の母の　一四五

種田山頭火

（俳句）

秋風　行きたい方へ　六七
あるがまま　一一三
あるけば草の実　一一三
うしろすがたの　三八
うれしいことも　七四
落ちかかる月を　七四
落葉ふかく　四〇
落葉ふる　四〇
落葉やがて　一四
お日様のぞくと　一二七
柿の花の　一五
笠にとんぼを　一二八
笠へぽつとり　一五
風のよきに　四二
蛙さびしみ　七七
からまつ落葉　七八
枯れゆく草の　一六
悔いるこころの　一七
草を咲かせて　四三
ぐみの実の　一七
蜘蛛は網張る　一三〇
暮れ果てぬ　四四
今日の道の　一七
けふもいちにち　八〇
凩に吹かれつゝ　四四
ここにかうして　八〇
こころむなしく　八一
子と遊ぶ　一三〇
木の葉ふるふる　一八
この鬚　ひつぱらせたい　一三二
この道しかない　四五
このみちをたどる　四五
ころり寝ころべば　四五
さて　どちらへ　八三
沈み行く夜の　四七
しんみり雪ふる　一三四

すずめをどるや　一三四
捨てきれない　八六
住みなれて　二〇
空の青さよ　二一
谷はいちめん　二一
だまつてあそぶ　一三五
誰か来さうな　八九
たれかこいこい　一三五
月見入る子が　一三六
月も水底に　五〇
てふてふうらうら　一三六
ながれがここで　二二
何を待つ　九三
何を求める　九三
ぬいてもぬいても　二三
寝床まで月を入れ　九四
野菊の瞳　二三
生えて伸びて　九五
晴れるより　五三
日かげいつか　五三
日ざかりの　五三
ひつそりかんとして　二六
ふりかへらない　九九
ふる郷の小鳥　九九
ふるさとは　二七
へうへうとして　九九
ほうたるこいこい　一四一
梢ほとり　一四一
ほろにがさも　一〇二
ほろほろ酔うて　二七
また見ることもない　五六
まつすぐな道で　一〇二
待つでも待たぬでもない　一〇二
窓あけて　五六
味噌汁のにほひ　一四二
水底うつくしう　五七
身のまはりは　二八
蓑虫もしづくする　一四二
やつと咲いて　二九
藪柑子も　二九
山あれば山を観る　一〇六
山から白い花を　二九
雪をよろこぶ　一四三
ゆふ空から　五九
夕空のしづか　一四三
夢深き女に　一四三
百合咲けば　三〇
酔うてこほろぎと　一四三
よびかけられて　一〇九
林檎かぢる児に　一四四
別れきて　一一一
（日記）
或る時は澄み　六九
一切空　七一
一杯の茶のあたゝかさ　一二五
動いて動かない　七三
動くものは美しい　三八
音が心にとけいるとき　七四
恩は着なければならないが　七五
籠の鳥よ　放たれる日を　一二八
風の　己の　七六
空を観ずるのではない　七九
故郷忘れがたし　八〇
心は底のない穴　八一
子とふたり摘みては　一三〇
さみしいなあ　八四
洗濯　何もかも洗へ　八七
自分を踏みこえて行け　八五
天国のことは神に　九〇
天地清明にして　五〇
馬鹿らしさを　九五
花は咲くまいとしても　二四
晴れると春を感じ　五三
光は闇の奥から来る　九六
本来の愚に帰れ　一〇二
水の流れるやうに　一〇四
水の流れるやうに　雲の　一〇四
水は流れる　雲は動いて　五七
水底の魚のやうに　一〇四
目を閉ぢよ　一〇五
燃ゆるしづけさ　五七
わが胸の小鳥はわが胸の　一四四
私が求むる花は　三〇
私は歩いた　一一二
私の前には　一一二

土井晩翠

愛の光をかゞやかす　一二二
清くたふとく汚なく　一二九
くしく妙なるあめつちの　一三〇
〔紺紙金泥写経〕　八三
み空の花を星といひ　二八
無限の未来後にひき　一〇四
春千山の花ふゞき　五三
人住むところ行くところ　九七
楽土の風を匂はする　一四四

永井荷風

あゝゆるやかに　六六
蒼き夏の夜や　六九
疑へる心の如く　七三
きれ長き君が眼の　一二九
黄昏は庭に木の葉と　四八
月今宵いよゝ　四九
真裸の快さ　一〇三
やさしくも　果し知られぬ　五八
われ語らず　われ思はず　一一五

中原中也

あゝ喜びや悲しみや　六六
雨の霽れ間をオルガンは　六八
碧い　碧い空の中　一二五
一度といふことの　七〇
今でもやさしい心があつて　七二
海にゐるのは　三九
梅の木にふりかゝりたる　一四
大きい猫が頸ふりむけて　一二七
思ひのほかでありました　七五
思へば遠く来たもんだ　七五
耀く浪の美しさ　四一
こころよ　起きよ　八一
誘はれるでもなく　八三
外吹く風は金の風　四七
なんにも訪ふことのない　九四

春が春の方で勝手に　五三
ひろごりて　たひらかの空　五四
筆とりて手習させし　一四一
ほがらかとは　恐らくは　九九
ポツカリ月が出ましたら　五六
亡びてしまつたのは　一〇二
冥福の　多かれかしと　一〇五
陽気で　坦々として　一〇六
休みなされ　一〇六
山近き家に過ごしし　一〇七
雪が降ると　一〇七
汚れつちまつた悲しみは　一〇九
わが心　なにゆゑに　一一〇
私の上に降る雪は　六〇
私はもう　嘘をつく　一一四
われの心の幼なくて　一一五

新美南吉

（詩）
ああ　またこんな　六六
明日はみんなをまつてゐる　六七
遊びのはてに　一二三
ある日ふと　六九
斑鳩寺のみ堂のおくに　七〇
牛は重いものを曳くので　一二六
お前の掌とわたしの掌で　一二七
風の光に　四二
かなしきときは　七六
君よ　君の少年を　七八
麒麟ノヨウニ　七八
けさ大きい　四四
五月の星は　四四
子どもたちは　一三一
小鳥よ　空から下りてこい　一三二
この球根は　一七
秋陽は　ひとりが　四六
小さい卵のなかにゐる　一三五
月は　貧しい　五〇
つぶらな　青い牛の　一三六
蝶は白いリボン　一三六
泥のやうな　いのちが　九二
花束ノヤウナ心ヲ　九五
春風と来て　九六
杳きこと　九六
春になると神様は　一三九
氷雨のあとの　五三
人は光りのなかにゐる　九七
星と　潮と　五六
ぷりむらの　二七
松の芽立ちに　一〇三
道はけつしてとまらない　一〇三
藁屋根にぺんぺん草が生え　一一五
われ　けふも　一一五
われはいづちゆかむ　一一五

（童話）
母ちゃん　人間つて　一二八
暗い暗い夜が風呂敷のやうな　四四
心だけが　群をはなれた　八〇
心に誠意をもつて　八一
こんな月夜には　一三二
丈の高い雁来紅が五六本　四八
小さく見られるのが　九〇
月のあかりに　野茨と　四九
涙といふやつは　九三
人に信用されるといふのは　九七
古いものはむくりむくりと　九九
真綿のやうに柔かい　五六
胸の中には　拳骨のやうに　一〇五
世の中が開けると　一〇九
世の中は理屈どほりにや　一〇九
わたしがよく知つて
　ゐる人間でも　一四五
わたしがよく知つて
　ゐるのが　一四五

萩原朔太郎

あるかなきかの虫けらの　三七
いま貴重な一秒時が　七二
鏡のうしろへ廻つてみても　七六
こころをばなににたとへん　八二
太陽は高き真空にありて　四八
とんでもない時に　五一
春がくるときのよろこびは　九六
ふしぎにさびしい宇宙の　九八
よせくる　よせくる　五九
わたしのいぢらしい心臓は　一一二
我れの持たざるものは　一一五
我れは何物をも喪失せず　一一五

福士幸次郎

ああわたしは一人の旅人か　六六
お前の力でお前の生命から　一二七
汝は愚鈍な木である　一一五
ねがはくは君は　一三八
僕は別な空気をすふ　一〇〇

宮沢賢治

（詩）
新らしい風のやうに　六八
あたらしくまつすぐに起て　六八
あなたのおもちの　一二三
雨すぎてたそがれとなり　三七
雨はすきとほつて　三七
おれはひとりの　七五
風が吹くと　風が吹くと　四一
からだを投げて　七八
感ぜられない方向を　七八
この雪はどこをえらばうにも　四五
自然はあんまり意外で　四六
死ぬといふいまごろに　一三三
すべてさびしさと　八六
すべての才や力や材と　八六
ちからのかぎり　八九
泣きながら　九二
何と云はれても　九三
ひとりのやさしい娘を　一三九
ひばり　ひばり　一四〇
南のそらで星がたびたび　五七
やがて来るべき　一〇六
雪が一そうまたいて　五八
雪ふれば昨日のひるの　二九
雪をはらんだつめたい雨が　五八
わたくしから見えるのは　五九

（童話）

あゝ夜のそらの青き火もて　六六
あなた方は　一二三
青ガラスのうちの中に　一二五
いちばんのさいはひに　七〇
お早う　いゝお天気です　七四
お日さまの　四〇
大きな虹が　明るい夢の　四〇
黄や菫の宝石は　四三
自分一人気持ちを　八五
小さなみちが　四九
ひなげしはみんなまつ赤に　二六
胸いつぱいのかなしみに　一〇四
ぼくたちこゝで　九九
ぼくはおつかさんが　一〇〇
ぼくはそのひとの　一〇〇
僕はもうあのさそりの　一〇一
ほんたうにあなたの　一〇二
ほんたうにこんなやうな　一〇二
ほんたうにどこまでも　一四一
王様の新らしいご命令　一一〇
わかつてますよ　一一一

百田宗治

自分はのぼつてゆく　八五
知らない自らが　八六
卓の上に柔く　四八
たのしきかな　八八
遠いところで子供達が　一三七
日がかげれば　二五
人は孤独となり得ず　九七
星よ　私はいま　一〇一
わがこころを野ざらしに　一一〇
私を眠らせて下さつた　一四五

八木重吉

ああ　さやかにも　六六
赤んぼが　わらふ　一二二
秋になると　三六
秋の　いちじるしさは　三六
秋の美しさに耐へかね　三六
あたらしき　木の芽の　一二
あの山の　いただきに　六八
雨をみてると　六八
ある日の　こころ　六九
いかりなき　七〇
いろいろの　感覚は　一三
色づいた叢のなかに　一三
うなだれて　七三
梅がすこし咲いた　一四
うれしきは　七四
丘を　よぢ　四〇
おまへのにくたいと　一二八
想ひ出をひとつひとつ　七五
かうふくは　七六
かなしみと　七七
かならずや　七七
かれづるにさく　一六
気持のまんなかに　七八
きれいな気持ちでゐよう　七九
綺麗な桜の花を　一六
きよねんは　四三
くさがかれたんだから　七九
草の葉といふ　七九
けらけらとわらう声が　一三〇
こころのいろは　八一
こころよ　八一
心を尽くせば　八一
こどもが　せつせつ　一三〇
こどもが　よちくたと　一三一
このかなしみを　八二
このちさく赤い花も　一七
この虹をみる　一三二
この膝にたはむれる児よ　一三二
こよひは　かの日　八三
寒い日だ　一九
しづかなる　八四
自分の心に　一九
すてばちの　八六
空のやうに　八七
空よ　おまへの　四八
天国には　九〇
にこにこ　九四
ねたましげにもなく　九四
葉がおちて　二三
花が　咲いた　二三
花がふつてくると思ふ　二三
花はなぜうつくしいか　二四
花をみて　二四
原へねころがり　九六
春は　かるく　たたずむ　二五
ひかりある　二五
ひかりに　うたれて　二六
ひとすぢのこころとなり　九七
各つの　木に　二六
独り言ぐらい　九七
ひにくなこころと　九八
日は　うらうららと　五四
雲雀がないてる　一三九
冬の日は　五五
ぽくぽく　ぽくぽく　一〇一
まり　と　一四一
みづが　ひとつの　一〇三
みづのこころに　一〇四
むかし　神さまは　一〇四
もくもくと　一〇五
ゆふ焼をあび　一〇八
夢に　みし　五九
よのなかのひとが　一〇九
落日はまはる　五九
わがあいするもの　一一〇
わがこころ　一一〇
わたしの　まちがひだつた　一一二
わたしは　喘ぎ乍らも　一一二
わたしは　玉に　一一三
わたしよ　わたしよ　一一四
をさない日は　一一六

山村暮鳥

あかんぼを寝かしつける　六六
朝は　まだ　うすぐらい　三六
あのうみは　六八
おうい雲よ　四〇
おはやう　七四
いつみても　三八

色彩も音響も　四二
鴉は　木に眠り　四二
雲もまた自分のやうだ　四三
子ども等がおほぜい　一三一
このみ　きにうれ　一八
此の道をゆけ　八二
これではない　四五
さうだ　父の手は　一三三
さくらだといふ　一八
ザボンが二つ　四六
しつかりと　にぎつてゐた　八四
瞬間とは　一九
しろがねの　四七
真実　ひとりなり　八六
立てる十字架　八八
垂れた頭をふりあげて　八九
千草の嘘つきさん　一三五
つりばりぞそらよりたれつ　一三六
どこかに　梅の木がある　二二
とほく　とほく　九二
どんな風にも落ちないで　五一
長い冬の日もすぎさつて　一三七
人間の強さに立て　九四
一つ一つの水玉が　五四
みきはしろがね　五七
木蓮の花が　二八
やまにはやまのしんねん　一〇七
山のおみやげ　二九
両手をどんなに　一〇九
林檎といつしよに　一四四
わたしはみた　一一四

与謝野晶子

秋風にこすもすの立つ　一二
秋の夜に君を思へば　一二三
朝ぼらけ羽ごろも白の　一二
あたらしく人の開きて　三六
あらはれて枝の末まで　三七
頂の見えざる富士を　三八
一生にいくばくもなき　一二五
いつとても帰り来給ふ　七一
伊豆の海君を忍ばず　七一
いつまでもこの世秋にて　七一
入海のこころの其処に　三八
いろいろの小さき鳥に　一三
牛の群彼等生くれど　一二六
うたたねの夢路に人の　一二六
生れける新しき日に　七三
海恋し潮の遠鳴り　七三
梅の花寂光の世に　一四
梅の花にほへば思ふ　一四
魚の子と人の童と　四〇
おどけたる一寸法師　七四
大いなり妙法と云ふ　四〇
大空の刺青とならず　四一
おほらかに此処を楽土と　一五
思ふ人ある身はかなし　七五
海峡に片つかたのみ　四一
風立てばすこしゆらぎて　四一
かたはらに自ら知らぬ　四二
悲しくも雲の万里を　七七
悲しみも恋の債と　四二
君きぬと五つの指に　一二九
口びるを押しあつるごと　一七
くれなゐの形の外の　一七
黒めるは終りに近き　一七
こちたかる魂などは　四四
小鳥きて少女のやうに　一三一
この君を思ひやしつる　一三二
子の摘みし武蔵野蓬　一八
この山へ森のいくつを　四五
恋しげに覗けるは誰れ　一八
子らの衣皆あたらしく　一八
刺しつれば禍の矢と　八三
しらしらと涙のつたふ　八五
しろき紙紅き紙など　二〇
紫苑咲くわがこころより　二〇
雀子とかはるがはるに　一三四
黄昏の雲のあひだに　四八
旅に出でこと新しく　八九
たまくらに鬢の一すぢ　八九
散る時も開く初めの　二一
次の音初めのおとと　四九
月見草近きところに　二一
椿踏む思へるところ　二二
椿をば幸ひの木と　一三六
梅雨晴の日はわか枝こえ　五〇
辛かりし世をも恨まず　一三六
蝶ひとつ土ぼこりより　一三六
ときめきを覚ゆる度に　二二
泣くことも悔改めも　二二
夏の花みな水晶に　二二
夏まつりよき帯むすび　九三
何となく君に待たるる　一三七
なまめきて散るかと思ふ　九三
奈落までともに落ちにき　九三
閨を吹く妙高おろし　九五
初めより命と云へる　五二
はてもなき大地の月夜　五二
花ぐさの原のいづくに　一三八
放ちなば千里の野にも　二四
花に見ませ王のごとくも　一三八
花引きて一たび嗅げば　二四
花一つ胸にひらきて　二四
春風に失はるべき　二五
春のかぜ加茂川こえて　五三
春三月柱おかぬ琴に　九六
一いろの枯野の草と　二六
火の中のきはめて熱き　九八
ひるがほの這ひ上りたる　二六
北斗の座三分は見えず　五五
前渓も北山渓も　五六
身のなかば焔に巻かれ　一〇四
御仏の観音山の　五七
御胸にと心はおきぬ　一〇四
三吉野のさくら咲きけり　二八
見るかぎり絵などに書きて　一四二
むぐらとも蔑みする山の　二八
むらさきと白と菖蒲は　二八
むらさきの蝶夜の夢に　一〇五
森に入る白き大道　五七
やすみやの浜に二つの　五八
やは肌のあつき血潮に　一四二
山風が月見草をば　五八
山と霧人間の和の　五八

山の夜や星にまじりて　五八
雪かづきサンタマリアの　二九
行き行きて大地の中へ　一〇七
夕焼のくれなゐの雲　五九
ゆるしたまへ二人を恋ふと　一四三
流星も縄飛びすなる　五九
わが心たからの櫃に　一一〇
わが子等がおしろいをもて　一四四
我が旅の寂しきことも　一一一
我が踏みて荒法師など　三〇
われと燃え情火環に　一一五

参考作品目次

伊東静雄　〔沫雪〕そは早き　ii
尾形亀之助　薄氷のはつて　iv
尾崎放哉　叱られた児の　一一八
岡本かの子　おのづから　九
大谷句佛　寧ろ　花壇に　i
金子みすゞ　牡丹雪　こ雪　一一九
　私はいまね　六二
草野天平　私のあとに　八
　子供よ　一二〇
佐藤惣之助　幼き息子よ　一二一
島崎藤村　鳥の舞　花の笑　三二
薄田泣菫　ささやきつ　三三
高村光太郎　きっぱりと　三四
　私は自分の　六四
太宰治　憤怒こそ　六三
立原道造　にほいのままの　一〇
種田山頭火　今日の道の　一一
　まっすぐな道で　iii
新美南吉　花束ノヤウナ　六五
山村暮鳥　おうい　雲よ　三五

定本・参考書籍一覧

芥川龍之介
「芥川龍之介句集　夕ごころ」　草間時彦編　ふらんす堂文庫
「侏儒の言葉・文芸的な、余りに文芸的な」　芥川竜之介著　岩波文庫
「芥川龍之介全集」　岩波書店
石川啄木
「新編　啄木歌集」　久保田正文編　岩波文庫
伊東静雄
「伊東静雄詩集」　杉本秀太郎編　岩波文庫
尾形亀之助
「現代日本詩人全集　第12巻」　創元社
岡本かの子
「岡本かの子全集　第9巻」　ちくま文庫
尾崎放哉
「尾崎放哉全句集」　村上護編　ちくま文庫
大谷句佛
「我は我」　書物展望社
梶井基次郎
「檸檬」　梶井基次郎著　新潮文庫
「梶井基次郎全集　第1巻」　筑摩書房
金子みすゞ
「新装版　金子みすゞ全集　全3巻」　JULA出版局
蒲原有明
「日本詩人全集　第3巻」　新潮社
北原白秋
「北原白秋詩集　上・下」　安藤元雄編　岩波文庫
木下杢太郎
「日本の詩　第6巻」　集英社
草野天平
「定本　草野天平全詩集」　彌生書房

斎藤茂吉
「赤光」 斎藤茂吉作 岩波文庫
佐藤惣之助
「日本現代文学全集 第54巻」講談社
「日本の詩歌 第13巻」中央公論社
島崎藤村
「藤村詩抄」 島崎藤村自選 岩波文庫
薄田泣菫
「日本詩人全集 第3巻」 新潮社
千家元麿
「日本現代文学全集 第54巻」講談社
高村光太郎
「レモン哀歌 ― 高村光太郎詩集」 集英社文庫
「智恵子抄その後」 龍星閣
竹下しづの女
「解説 しづの女句文集」 竹下健次郎編 梓書院
竹久夢二
「乙女詩集・恋」 石川桂子編 河出書房新社
太宰治
「生まれてすみません 太宰治一五〇の言葉」 山口智司 PHP出版
「太宰治全集」 筑摩書房
立原道造
「立原道造詩集」 立原道造著 ハルキ文庫
種田山頭火
「山頭火大全」 講談社
「山頭火のぐうたら日記」 村上護編 春陽堂
「山頭火全集」 春陽堂
「底本 山頭火全集」 春陽堂
土井晩翠
「日本詩人全集 第3巻」 新潮社

永井荷風
「珊瑚集 ― 仏蘭西近代抒情詩選」 永井荷風訳 岩波文庫
中原中也
「中原中也全詩集」 角川文庫
新美南吉
「新美南吉詩集」 ハルキ文庫
「新美南吉童話集」 千葉俊二編 岩波文庫
「校定 新美南吉全集」 大日本図書株式会社
萩原朔太郎
「萩原朔太郎詩集」 ハルキ文庫
福士幸次郎
「日本現代文学全集 第54巻」 講談社
宮沢賢治
「新編 宮沢賢治詩集」 天沢退二郎編 新潮文庫
「新編 銀河鉄道の夜」 宮沢賢治著 新潮文庫
「新修 宮沢賢治全集」 筑摩書房
百田宗治
「日本の詩歌 第13巻」中央公論社
八木重吉
「八木重吉詩集 第1巻・第2巻」 新文学書房
「現代日本詩人全集 第12巻」 創元社
山村暮鳥
「日本の詩 第6巻」 集英社
「日本現代文学全集 第54巻」 講談社
与謝野晶子
「与謝野晶子歌集」 与謝野晶子自選 岩波文庫

○編者自己紹介（写真左）

渡部　忍（わたなべ　しのぶ）

一九七一年生まれ。山梨県出身。

編者の私にはここで紹介できるような経歴も肩書もありません。

天来書院社長、比田井和子さんの勧めもあり、本書編纂の協力者である夫大五郎をはじめ家族全員の写真を掲載させていただきました。

字を書くことが好きで、小学校から高校まで書道教室に通っていました。その後は書道から離れてしまいましたが、また勉強したいと思うようになり、二〇〇一年に大五郎に師事（その後結婚することになろうとは…）。臨書や自詩書など、マイペースに書道を楽しんでいます。

現在は、二人の子供の育児に奮闘中。

ホームページ・http://dokugo.at-ninja.jp/index2.html

作品展

・二人書展　二〇〇二年三月　埼玉県小川町・小川町立図書館ギャラリー

・大語と忍の縁は異なもの二人書展　二〇〇二年九月　白金台・ギャラリーはんなび

○参考作品揮毫者紹介（写真右）

渡部　大語（わたなべ　たいご）

本名 裕之。一九五一年生まれ。島根県出身。

一九七四年、書を志して上京し、駒井鵞静に師事する。

その後、公募展において数多の入賞を果たすが、毎日書道展「毎日賞」受賞後の一九八三年から公募展不出品。個展等を作品発表の場とし、活動を続ける。

早くから自身のホームページを立ち上げて作品等を公開。現在はブログも立ち上げ、大五郎というハンドルネームで独学者へのアドバイスなども行っている。

書道研究途上社代表。

著書等『年賀状を楽しむ』（雄山閣）、『駒井鵞静遺墨百選』（天来書院）、『大五郎先生の書の年賀状』（天来書院）他。

ホームページ・https://www.taigo.biz/

作品に書きたい　心の詩《うた》

二〇一一年八月二〇日　発行
二〇一八年一〇月一〇日　第三版

編　者　渡部　忍
発行者　比田井和子
発行所　天来書院
〒140-0001　東京都品川区北品川一―一三―七
長栄ビル七F
電　話　〇三―三四五〇―七五三〇
FAX　〇三―三四五〇―七五三一
印　刷　中央精版印刷株式会社

http://www.shodo.co.jp/

Printed in Japan